사랑하면 헷갈리게 하지 않는다

마크 최 지음

사랑하면 헷갈리게 하지 않는다

10만 구독자의 실제 후기로 증명된
가장 확실한 연애 심리 솔루션

포레스트북스

작가의 말

누구에게도 말하기 창피해서 차마 입 밖으로 말하지 못한 자신만의 사랑 이야기, 하나쯤은 갖고 있을 겁니다.

"난 그냥 쿨하게 연애하는 편이야"라고 했지만 어느 순간 정신을 차려 보니 본인도 모르는 새 연인이 나의 24시간, 나의 삶을 다 차지해버리기도 합니다. 상대의 연락을 기다리고, 별것 아닌 일에 마음을 졸이기도 하고, 가끔은 본인의 잘못이 아님에도 불구하고 되려 자신을 자책하고 탓하기도 합니다. 이상하죠. 행복하기 위해서 연애를 시작했는데 행복하기보다 왜 불안한 순간이 더 많을까요?

어릴 적부터 사람의 마음이 알고 싶었던 저는 20대부터 상담 일을 하게 되었고, 벌써 상담을 한 지 15년이 지났습니다. 낮은 자존감, 불안한 미래, 내 생각처럼 흘러가지 않는 인간관계, 그리고 아무리 해도 어려운 사랑…… 많은 분을 만나며 마음속 고민을 듣게 되었는데 그중에서도 사랑, 이별에 대한 물음이 참 많았습니다.

상담을 하며 깨달은 생각들을 모두 노트에 기록해두었고 이를 들춰 보다 알게 된 사실이 있습니다. 사랑은, 단순히 사랑의 문제가 아니라 '사람의 문제'라는 것을 말이지요. 모두가 사랑 속에서 답을 구하려고 하지만 실은 알고 싶던 그 모든 것은 사람 속에 존재했습니다.

이 세상에서 가장 소중한 것이 무엇이냐는 질문을 듣게 된다면 저는 단언컨대 '사랑'이라고 이야기할 겁니다. 사랑이라는 감정, 마음, 태도 그 자체에는 어떠한 결점이나 문제도 없습니다. 문제는 매일 사랑을 하는 우리가 사랑이 무엇인지 제대로 배워본 적이 없다는 것이지요.

모두가 행복하게 웃을 수 있는 사랑만 한다면 참 좋겠지만 대부분이 아무런 배움도 없이 오로지 본인의 주관적 기준과 경험을 바탕으로 사랑을 그려가다 보니 많이 넘어지고 또 다치게 됩니다. 제가 『사랑하면 헷갈리게 하지 않는다』를 쓴 이유는 그런 분들께 제대로 사랑을 알려주기 위함입니다. 고통스러운 분들께는 치유가 되고, 방향을 잃고 헤매는 분들에게는 나침판 같은 책이 되었으면 합니다.

연인 관계의 '을'이 되었다고 해서
어리석다거나, 손해를 본다고 생각하면 안 됩니다.
그저 더 많이 사랑을 주고 싶은
배려 깊고 따뜻한 사람인 것이지요.

단, 사랑은 구걸이 아닙니다.
사랑은 두 사람이 감정을 주고받는 것이지
이미 다 자란 누군가의 부모가 돼서
일방적인 애정을 주려고 하는 게 아님을
명심해야 합니다.
사랑에 너무 목매지 마세요.

사랑을 지키기 위한 사랑이 아니라
반드시 여러분이 행복한 사랑을 하세요.

진정한 사랑은 절대 여러분을
헷갈리게 만들지 않습니다.
관계를 유지하기 위해 혼자서 지나치게 애쓰고 있다면,
자꾸 혼자서 울게 된다면 그건 사랑이 아닙니다.
본인의 전부가 그 사람이 되게 하지 마세요.

아름다운 이별은 영화와 드라마 속에나 존재합니다.
사랑했던 사이의 마지막 장면이 아름답기는 힘듭니다.
그러나 여러분의 소중한 인생은
아직 그 자리에서 여전히 빛나고 있으므로
이별 때문에 잠도 안 자고, 밥도 안 먹으며
본인을 스스로 괴롭히지 않았으면 좋겠습니다.

이별은 누구에게나 힘든 과정이지만
결국 언젠가는 지나가게 돼 있습니다.

지나간 것은 지나간 대로 흘러가게 내버려두세요.

이 책을 덮을 때쯤에는 여러분이 자기 스스로가 세상에 하나뿐인, 사랑받아 마땅한 사람이라고 여기게 되길 바랍니다.

마크 최

차례

2장 관계는 혼자가 아닌 둘이 함께 만드는 것

내가 아니면 안 될 것 같다는 생각은 착각이다

3장 옛 연인을 도저히 잊을 수 없다면

재회를 간절히 원하는 당신에게

4장 그에게 맞추기엔 당신이 너무나 아깝다

결국 사람은
쉽게 변하지 않기에

5장 혼자일 때 행복해야 둘이어도 행복하다

내가 아닌 것을 덜어내고
홀로 서는 연습

1장 연애를 해도 외로운 이유

진짜

좋아한다면

헷갈리게 하지

않는다

All about Love

회피형 남자친구 어떻게 해야 할까

예전에 사랑과 관계를 주제로 한 소규모 강의를 한 적이 있습니다. 보통 설명을 하다 보면 청중의 에너지(태도)를 느끼면서 오늘 강의가 생각대로 흘러가겠구나 혹은 조금 힘들겠구나 하는 것이 어느 정도 짐작됩니다. 이날의 분위기는 참 좋았습니다. 대부분의 관객이 제 이야기를 긍정적으로 잘 들어주었습니다.

'사람은 바꿀 수 없다'라는 주제로 이야기를 하는 도중, 한 사람이 눈에 계속 띄었습니다. 유독 얼굴에 근심과 걱정이 가득해 보이는 분이었죠. 강의가 끝나자 그분이 조심스럽게 저에게 다가왔습니다. "안녕하세요, 오늘 강의 너무 잘 들었어요. 큰 깨달음을 얻었습니다. 혹시 실례가 아니라면 질문 하나만 해도 될까요?"

얼굴만 봐도 정말 답을 얻고 싶다는 간절함이 보일 정도였습니다. 얼마나 힘들길래 이렇게 찾아오게 되었을까 하는 마음이 들어서 질문을 수락했죠. "지금 연애를 하는 중인데 상대가 회피성이 강한 편이에요. 가벼운 다툼도 싫어하고, 가끔은 이유도 없이 연락이 두절되곤 해요. 자꾸 제게 본인을 가만두라고만 하는데…… 그럴 때마다 저는 뭘 어떻게 해야 하는 건지 잘 모르겠어요."

저는 그분께 되물었습니다. 그럴 때마다 본인은 어떤 생각을 하고, 어떻게 행동을 하느냐고요. "너무 불안하고 마음이 아파요. 그리고 제가 조금 더 이해하고 노력하려고 해요. 시간이 지나면 또 예전처럼 괜찮아지니까 나아질 거란 생각으로 이 과정을 반복하고 있어요. 하지만 이젠 너무 힘들고 지쳐요. 어떻게 하는 게 좋을까요?"

참 마음이 아픈 사례입니다. 앞의 상황처럼 여러분 중

에도 이렇게 회피성이 강한 상대로 인해 마음이 괴롭고 힘든 분들이 분명히 계실 겁니다. 이럴 때는 눈앞에 있는 연인의 회피 문제에서 빠져나와서 객관적이고 거시적인 측면으로 관계를 살펴봐야 합니다.

여러분은 왜 '그 사랑'을 하고 있나요? 보통 이런 질문을 하면 잘생겨서, 예뻐서, 돈이 많아서, 착해서, 자신에게 잘해줘서 등 대답은 다 다르지만 본질적으로 '본인이 행복'하기 위해서 사랑을 합니다. 답을 들은 다음에 저는 이렇게 묻습니다. "그럼 그렇게 사랑을 하는 여러분은 지금 행복한가요?" 이에 대해 바로 "예"라고 답할 수 있다면 지금처럼 즐겁게 연애를 하면 됩니다. 하지만 "아니오" 혹은 "잘 모르겠어요" 하고 주저하게 된다면 관계에 문제가 있는 것입니다. 그렇다면 다음의 두 가지 질문에 대해서 곰곰이 생각해볼 필요가 있습니다.

- 내가 참고 버티면 이 관계가 나아질 수 있는가?
- 나는 정말 이런 사랑을 바라고 연애를 시작한 것인가?

아마 회피형 연인을 만나는 분들은 남녀노소 누구 할 것 없이 연애에서 안정감과 행복감을 느끼긴 어려울 겁니다. 상대방이 제대로 '사랑할 준비'가 안 된 사람이기 때문입니다. 사랑은 하고 싶지만 자신이 편안한 대로, 이기적으로 하기 때문에 연인과 서로 맞춰가며 존중과 배려를 하려는 마음이 조금도 없는 상태인 것이지요. 이런 사람은 사실 연애하면 안 되는 타입입니다. 사랑은 혼자 하는 것이 아니라 함께 서로 노력하고 마음을 키워가는 과정을 뜻하는데, 이를 하기 싫다는 사람에게 여러분의 귀하디 귀한 마음을 쏟을 필요는 없습니다.

안타까운 사실은 회피형 타입을 만나는 사람 중 80퍼센트 이상이 상대를 너무 좋아하고 사랑한 나머지, 문제의 원인을 엉뚱하게도 자신에게서 찾는 경우가 많습니다. 회피형 연인은 별로다, 그런 사람은 만나지 말라는 이야기를 주변에서 숱하게 들을 수 있는 데도 불구하고 말이죠. "내가 좀 더 참으면 관계가 좋아질 거야, 내가 더 이해하면 분명히 나아질 거야, 저 사람이 지금은 힘들어서 그래, 그는 좋은 사람이야"라고 생각하며 자신이 참는 것을 택하고, 상대방의 단점보다 장점을 보고, 좋았던 기억만을 반추하면서 연애를 이어 나갑니다.

제발 본인 이해심의 그릇이 부족하다고 생각하지 마세요. 이유 없이 연락을 끊고, 가벼운 다툼을 한 뒤에 '나는 좀 시간이 필요하고, 언제 풀릴지는 나도 정확히 모르니까 네가 기다려'라는 태도를 보이는 사람을 굳이 이해할 필요는 없습니다. 그의 부족함을 안아주려고, 이해하려고 했던 여러분은 마음이 참 따뜻하고 좋은 사람입니다. 그런 예쁘고 소중한 마음을 어리석은 상대 때문에 자꾸 다치도록 방치하지 않았으면 좋겠습니다.

만약 지금 참는 것보다 100배 정도 더 참고, 기다리고, 버티며 노력에 노력을 더한다면 정말 그 사람이 바뀔까요? 답은 모두가 이미 알고 있습니다. 인정하기 싫을 뿐이죠. 힘이 되는 답을 주지 못해 마음이 아프지만 그는 결코 변하지 않을 겁니다. 그리고 이 문제는 여러분이 달라진다고 개선되지도 않습니다. 문제는 상대방에게 있으니까요. 왜 잘못도 없는 자신을 자책하면서 행복해지려고 애를 쓰고 있나요?

이 문제에 대해 제가 할 수 있는 조언은 단 한 가지입니다. 이기적인 연인으로부터 '최대한 빨리' 벗어나세요. 바뀌지 않을 사람을 위해 아이러니하게도 자신을 탓하며 일방적으로 상대에게 맞추는 것은 행복한 연애가 아닌 불행한 연애의 길에 스스로 걸어 들어가는 것을 의미합니다. 그 불행은 단순히 연애만이 아니라 곧 내 삶 전체를 갉아먹게 될지도 모릅니다. 여러분, 사랑은 내가 행복하기 위해서 하는 것입니다.

서운함을 제대로 표현하는 법

연애를 하다 보면 생각보다 많은 분이 자신의 감정을 잘 드러내지 못합니다. 고마우면 고맙다고, 미안하면 미안하다고 말하는 것도 어려워하고, 특히 서운한 마음이 들 때 이걸 어디까지 어떻게 표현해야 하는지 잘 몰라서 묻는 분이 굉장히 많습니다.

여러분은 상대방에게 서운할 때 어떻게 표현하나요? 아마 이런 마음을 잘 드러내는 분보다는 감정을 참거나, 그냥 넘어가면 되겠지 하면서 덮어두는 분이 많을 겁니다. 문제는 '내색하지 말아야지' 하고 생각하면서 이미 표정과 몸짓으로 티가 팍팍 난다는 점입니다. 나쁜 기분이 태도가 되고 있다는 사실을 정작 당사자만 모르는 경우도 적지 않습니다. 또는 '그냥 빨리 풀자!' 하며 모든 감정과 생각을 단번에 쏟아내는 분도 있습니다. 이 경우에는 너무 사사로운 것까지 이야기하게 돼서 사소한 말다툼이 싸움으로 번지기도 하고, 기분을 풀자고 대화를 시작했다가 의도와 달리 마음이 크게 상하게 되기도 합니다.

이럴 때는 스스로가 생각하는 '사랑의 정의'를 짚어보아야 합니다. 뜬금없는 질문 같나요? 생각보다 많은 분이 각자가 만드는 사랑이란 그림이 무엇인지 잘 설명하지 못합니다. 제가 이 질문을 한 이유는 각자가 말하는 사랑의 정의, 딱 그만큼 상대를 사랑할 수 있기 때문입니다.

예를 들어 누군가에게 사랑이 '함께 시간을 보내는 것'이라면 그 사람은 사랑하는 상대와 어떤 일이 있어도 함께 있고 싶어 할 겁니다. 또 누군가에게 사랑은 '싸우지 않는 것'이라면 연애를 할 때 최대한 다투지 않으려고 싸움을 피하거나 혹은 웬만하면 그냥 이해하고 넘어가는 것을 선택하게 되겠죠. 이렇게 스스로가 사랑의 정의에 대해서 알고 있고, 상대 역시 이를 이해하고 함께 맞춰가는 노력을 해야 더 행복하고 안정적인 연애를 할 수 있습니다.

20대 시절, 제게 사랑은 희생이자 상대에게 의지하는 것이었습니다. 그렇기 때문에 힘이 들어도 데이트를 할 때 왕복 네 시간 거리에 있는 연인의 집에 매번 데리러가고, 데이트가 끝나면 다시 데려다주었습니다. 또한 상대에게 많이 의지했기 때문에 그 사람이 떠나고 나서 제 삶이 무너지는 것을 고스란히 느껴야 했습니다. 나이를 좀 더 먹고 30대가 되니 사랑은 일방적 희생이 아니라 (그렇게 사랑을 지속할 수도 없고) 나 스스로를 최우선으로 둔 다음에 상대에게 의지하는 것도, 상대가 나를 의지하는 것도 가능하다는 것을 깨닫게 되었습니다. 사랑은 무리해서 하는 것이 아니라 제가 할 수 있는 선 안에서 최선을 다하는 것이라는 사실을 깨닫게 된 것이죠.

제가 생각한 사랑이 희생이었던 순간, 그때의 문제는

제가 포기하고 희생한 만큼 되돌아오지 않을 때 서운함이 너무 컸다는 점이었습니다. 사랑하는 사람의 마음이 내 마음과 같지 않아서 서운해본 기억, 한 번쯤은 있으시죠? 사랑을 하면 할수록 상대의 마음이 더 이해되기보다는 반대로 서운함만 더 커지는 바람에 힘들었던 분들이 있을 겁니다.

누구든 간에 연인에게 서운함을 더 크게 느낄 수밖에 없습니다. 대부분의 사람이 타인에게는 아주 착하고 다정하지만 유독 가족에게는 툴툴대고 쉽게 짜증을 내는 것처럼, 관계가 친밀하고 깊을수록 더 의지하고 기대게 됩니다. 직장에서 상사에게 지적을 받거나, 가족 간에 불화가 생기거나 그 밖에 현실에 치여서 지치고 힘이 들 때 제일 먼저 떠오르는 사람은 바로 연인입니다. 직접 만나거나, 전화로 응석 아닌 응석을 부리며 이야기할 때 상대방이 잘 받아주지 않으면 서운함이 물밀 듯이 밀려옵니다. 혹은 평소 연락을 자주 하다가 갑자기 개인 사정으로 전화를 잘 못하게 되거나, 내가 어떤 것을 생각해서 해줬을 때 상대의 반응이 미적지근해도 서운해집니다. 머리로는 이해하지만 서운함은 어쩔 수 없이 새어 나옵니다. 이는 어느 한 사람의 문제라고 콕 집어서 얘기할 수도 없습니다.

그렇다면 서운한 것을 말하지 말고 무조건 꾹 참아야 할까요? 여기서 포인트는 표현하는 방법의 '강약'을 조절하는 게 아니라 내가 '왜 서운함을 느끼는지'를 돌이켜봐야 한다는 점입니다. 상대에게 서운함을 느낄 때 '나는 이런 점을 바꿀 거야, 애인에게 서운해하지 않을 거야, 티 내지 않을 거야!' 하고 생각해도 아무것도 달라지지 않습니다. 그래서 여러분이 생각하는 사랑의 정의를 잘 떠올려보길 바랍니다. 본인이 생각하는 사랑의 의미가 바뀌지 않는 이상, 상대방이 아무리 잘해주어도 서운함을 느끼게 될 테니까요.

또 감정 표현은 그때그때 드러내기보단 가능하다면 본인이 허용할 수 있는 선까지 참은 뒤, 감정이 한 템포 누그러진 후에 이야기를 하는 게 좋습니다. 감정은 '나 자신'이 아닙니다. 기쁨, 화, 서운함, 슬픔, 증오 등 여러 가지 감정은 파도처럼 왔다가 다시 사라집니다. 그러므로 우리의 몫은 선택하는 것뿐입니다. 감정이란 파도에 휩쓸려 갈지, 아니면 서퍼가 되어 파도를 탈지는 스스로가 결정하면 됩니다.

중요한 것은
'데이트 하지 않을 때'의 태도

대부분이 데이트를 할 때 연인이 어떤 태도를 보이는지가 중요하다고 생각합니다. 하지만 그보다 더 중요한 것이 있습니다. 바로 '데이트를 하지 않을 때'입니다.

서로 각자의 시간을 보낼 때, 그때 여러분에게 근심과 걱정과 불안을 안겨주는 연인이라면 그는 배려할 줄 모르는 사람입니다. 최소한 걱정은 시키지 말아야, 언제나 나를 사랑하고 있구나 하는 생각이 들도록 해주는 게 연애할 때 꼭 필요한 배려이자 매너입니다.

'그래도 그는 내게 선물을 사주고, 완벽한 데이트 코스를 짜 오는걸?'이라고 생각하고 있다면 이 사실을 명심하세요. 그건 연애할 때 당연히 해야 하는 노력 중 하나입니다. 만났을 때 상대에게 마음을 맞춰주는 것은 필수로 해야 할 일입니다. 진짜 배려는 만나지 않을 때도 연인을 헤아릴줄 아는 마음입니다. 이건 상대만이 아니라 바로 여러분에게도 해당되는 이야기입니다.

대부분의 연인이 만나서는 서로에게 참 잘합니다. 특히 연애 초기에는 같이 있는 것만으로도 행복하고 만족스럽기만 합니다. 문제는 서로 떨어져 있을 때입니다. 이때 진짜 배려심이 드러납니다. 대표적으로 연락을 통해서 연인에게 나라는 사람의 위치가 보입니다. 여기서 연락은 단순 '횟수'를 의미하는 게 아닙니다. 단 한 번의 연락을 하더라도 이 사람이 나를 사랑하고, 내게 관심을 보이는구나 하는 것이 느껴지게 해주는 것이죠. 수십 통의 전화와 카톡은 중요하지 않습니다.

만나지 않았을 때 상대에게 불만이 생긴다면 그가 알아주길 바라며 꽁하게 있는 것도 좋지는 않습니다. 타인의 마음이 어떻게 내 마음과 똑같을 수 있겠어요. 아쉬운 점이나 원하는 바가 있으면 솔직하게 털어놓고, 서로 노력하여 나름의 규칙을 정하는 게 좋습니다. 만약 여러 번 이야기를 했음에도 불구하고 나아지지 않는다면 그건 이기적인 사람임을 보여주는 힌트라고 할 수 있습니다.

분명 만날 때는 좋은데, 만나지 않을 때 불안하거나 사랑이 느껴지지 않는다면 연인이 날 위해 배려를 하고 노력을 하고 있는지 곰곰이 생각해보세요. 이 내용이 바로 자신의 이야기 같다면 본인이 원하는 바를 솔직하게 털어놓고 맞춰가는 시간이 필요합니다.

여러분은 상대를 위해 배려를 하고 있나요? 그리고 상대방도 여러분을 배려하고 있나요? 한번 생각해보는 시간을 가져봤으면 좋겠습니다.

그가 변했다고 느껴질 때

여러분은 사랑을 할 때 어떻게 하나요? 흔히 말하는 '밀당'을 하면서 사랑을 하나요, 아니면 반대로 아낌 없이 다 퍼주듯 하나요?

각자의 가치관에 따라서 사랑도 여러 가지 모습으로 나타납니다. 저마다의 방식이 있기 때문에 다를 뿐이지 틀린 답이 있는 건 아닙니다. 하지만 여러분이 사랑을 '을'처럼 하거나, 혹은 사랑할 때마다 내가 힘들거나, 반대로 상대방을 힘들게 한다면 그것은 다른 것이 아니라 틀렸다고 말하고 싶습니다.

새로운 사람을 만날 때, 긴장과 설렘이 오가는 동시에 어떻게 연애를 해야 되는 건지 헷갈릴 때가 있습니다. 있는 그대로의 나를 다 보여주는 게 맞는 건지, 아니면 어느 정도 재어 보면서 사귀는 게 맞는 건지, 어떤 모습을 해야 좋을지 몰라서 혼란스럽습니다. 누군가는 나의 솔직함을 맘에 들어하겠지만 또 다른 누군가에겐 그 솔직함이 부담으로 다가올 수도 있으니까요. 이렇게 어느 장단에 맞춰야 할지 모르겠다면 딱 이거 하나만 알고 갔으면 좋겠습니다.

'최선을 다할 것.' 뭔가 엄청난 솔루션을 들려줄 거라 기대했다면 실망했겠지만 사실 연애도 인간관계 문제이기 때문에 이보다 더 확실한 대답은 없다고 생각합니다. 최선을 다하라는 이 문장을 보자마자 어떤 생각이 떠올랐나요? 제가 실제로 상담을 하면서 같은 이야기를 하면 대부분의 내담자분들이 "연애할 때 상대를 위해 헌신하고 희생하라는 뜻인가요?"라고 말했습니다. 여러분도 이렇게 생각했다면 이번 이야기는 더욱 집중해서 읽어주시길 바랍니다.

사랑을 막 시작하게 되면 상대에게 너무 잘해주고 싶은 나머지 본인이 하고 싶은 행동 그 이상을 하게 되곤 합니다. 이건 물리적 행동일 수도 있고, 재정적인 부분일 수도 있고, 감정일 수도 있습니다. 예를 들면 한 커플이 서로 아주 먼 곳에 살아도 데이트가 끝나면 매번 연인을 집까지 데려다주는 행동이 대표적이죠. 조금이라도 더 함께하고 싶은 마음에서 비롯된 것이지만 매번 이렇게 할 수 있을까요? 이번에는 감정 문제를 예시로 들어보겠습니다. 정말 사랑하기 때문에 평소 다른 사람에게는 절대 하지 않는 표현, 행동까지 써가며 연인에게 맞춰준다고 생각해보세요. 하루, 이틀, 한 달간은 가능할 수도 있지만 이를 1년이 넘도록 지속할 수 있을까요?

이 예시들의 공통점이 보이나요? 사람이라면 누구나 그 자체로 '고정 값'이 있습니다. 요즘은 흔히들 '디폴트defalt'라고 말하죠. 물론 사람은 변할 수 있고, 변하기도 합니다. 제가 말하는 고정 값은 본인의 평소 생활 방식이나 할 수 있는 행동의 범위를 말하는 것입니다.

나는 평소 하루에 전화를 두세 번 정도 할 수 있는 사람인데, 연애 초기에는 고정 값 이상으로 노력해서 통화를 다섯 번 이상 할 수도 있을 겁니다. 사귄 지 얼마 안 됐을 때는 감정 중에서 설렘이 차지하는 비중이 높겠지만, 꽤 많은 시간을 같이 보내다 보면 자연스럽게 편함, 익숙함이란 감정의 농도가 짙어질 겁니다. 처음에 했던 고정 값 이상의 행동도 서서히 줄어듭니다. 이건 마음이 변해서가 아니라 처음에는 설레지만 불안정한 관계이기 때문에 안정적인 관계로 접어들기 위해 더 노력했던 것입니다. 연애가 안정기에 다다르면 기계가 아닌 이상 대부분의 사람은 원래 본인의 모습으로 돌아가게 됩니다. 이 사실만큼은 분명히 인정해야 합니다. 연애를 한다고 해서 사람의 본성이 달라지지는 않습니다.

여기서 문제가 발생합니다. 나는 정말 최선을 다했고, 내가 할 수 있는 것 이상으로 상대를 배려하고 헌신했는데, 그리고 사랑하는 마음에도 변함이 없는데 갑자기 상대방이 이렇게 말합니다. "왜 이렇게 달라진 거야? 너 변했어!"

아닌데, 나는 진짜 그대로인데! 황당하기도 하고, 속상하며, 경우에 따라 화가 나기도 할 겁니다. '내가 너에게 그렇게 잘해줬는데 그런 말을 해? 어떻게 그럴 수가 있지?'라는 생각이 들 수 있어요. 정말 억울합니다. 나는 그대로인데 왜 상대는 내가 변했다고 서운해하는 걸까요?

서로의 입장이 다르기 때문에 상대는 당연히 '변했다'라고 생각할 수 있습니다. 연인은 내가 10을 줬던 사람이기 때문에 내가 10이라는 공식이 이미 머릿속에 박혀 있는 겁니다(첫인상이 중요하다는 말이 있듯, 특히 연애 초기 모습이 크게 각인되므로). 그렇기 때문에 10에서 9가 되고, 6이나 3이 되면 상대의 입장에서는 자기가 알았던 그 사람이 아니기 때문에 변했다는 생각이 드는 게 당연한 거죠.

다만 내 입장에서는 고정 값이 원래 1이었다면 거기에 3을 더하고, 6을 더하고, 무려 10까지 한 건데 정작 그 노력은 연인이 인정해주지 않는 것 같아 속상해집니다. 또 본인도 모르게 내가 한 만큼 상대도 해줄 거라는 보상 심리가 생겨서 생각했던 피드백이 오지 않으면 섭섭하고, 짜증도 나고, 화도 납니다.

그렇기에 제가 말한 사랑할 때 최선을 다하라는 건, 본인이 할 수 있는 선 안에서 노력을 하라는 뜻입니다. '내가 이만큼 표현했으니 너도 그만큼 돌려줘!'라고 생각해서는 안 됩니다. 준 만큼 되받아야 합당하다고 여기는 자세, 저는 이런 걸 사랑이라고 생각하지 않습니다. 물론 사랑은 서로 함께 주고받는 것입니다. 그러나 어떤 대가나 보답을 바라는 것이 아니라 각자 사랑을 주는 것만으로 행복을 느낄 수 있고, 서로를 고마운 존재로 여길 때 관계가 진정으로 깊어질 수 있다고 생각합니다.

사랑할 때 상대에게 잘 보이겠다는 마음으로 억지로 내가 아닌 다른 사람이 되려고 하지 말고, 본인이 할 수 있는 선 안에서 최선을 다하길 바랍니다. 쥐어짜내서 애를 쓰면 쓸수록 본인도 힘들겠지만 결국에는 상대방도 멀어지게 됩니다. 너무 애쓰지 마세요. 여러분은 있는 그 자체로도 충분히 가치 있고 빛나는 사람입니다. 좋은 사람은 분명 여러분의 가치를 알아봐줄 겁니다.

이성 간의 대화에서 생기는 제일 흔한 오해

통계적으로 여성이 남성보다 말을 더 많이 한다고 합니다. 조사를 해보니 여성은 보통 하루에 3~5만 개의 단어를 사용하고, 남성은 5~8천 개의 단어를 사용한다고 합니다. 숫자로만 봐도 대략 여섯 배 정도의 차이가 있습니다.

여성은 대화를 하면서 스트레스를 푸는데 비해, 남성은 아무 목적 없이 하는 대화에서 스트레스를 받는다고 합니다. 물론 이는 전체가 아니라 일부의 의견이자 통계

일 뿐, 사람은 저마다 다 다르다는 점을 염두에 두고 참고로 봐주시길 바랍니다.

대화는 사람과 사람이 서로를 알아가는 중요한 수단이 되는, 삶에서 꼭 필요한 도구입니다. 이때 소통을 밥 먹는 일처럼 아주 쉽게 하는 분도 있지만 반대로 어려워하는 분도 꽤 많습니다. 후자가 주로 남성분들입니다. 때로는 본인의 의사 표현을 잘 하지 못합니다.

예를 들어 여자친구의 직장에서 어떤 일이 생겼다고 가정해봅시다. 상사나 동료, 후배가 여자친구를 화나게 만든 상황이 생긴 거죠. 이때 여자친구는 남자친구에게 이 상황을 전화로 전달합니다. 그렇게 하는 이유는 단 하나입니다. 속상하고, 억울한 이 기분을 누군가가 알아주면 좋겠고, 무엇보다 사랑하는 연인으로부터 위로를 받고 싶은 것이지요.

그런데 대체로 남성분들은 "아, 그래?" 하고 말을 잘 들어주다가 할 말이 막힙니다. 속상했겠구나, 힘들었겠다 등의 말은 한두 번만 하고 나면 끝이 납니다. 그래서 여자친구가 가진 속상함의 원인을 분석하고 해결해주려고 합니다. 그때부터 대화를 할 때 조언과 해결 방안을 제시하기 시작합니다. 그 과정에서 "그땐 그렇게 했어야지" 혹은 "네가 잘못한 점도 있어"라고 지적을 하기도 하죠.

그렇게 서로 다른 대화의 방식으로 인해 오해가 생기는 겁니다. 여성분의 감정을 해소하고 공감을 얻고 싶은 대화, 남성분의 문제 해결을 위한 수단으로써의 대화, 극명하게 다른 사고 방식의 차이로 인해 소통의 오해가 발생하는 것입니다.

만약 나의 연인이 어떤 일에 대해서 이야기를 할 때는, 말을 하는 사람이 여성이든 남성이든 간에 무조건 '끝까지' 들어주세요. 상대에게 어떤 문제에 대해서 말을 한다는 건 해결을 해달라는 뜻이 아니라, 지금 내 마음이 이렇다는 것을 들려주고 공감을 받고 싶은 경우가 더 많습니다. 그러니까 조언과 해결 방안을 제시하지는 마세요. 갑작스런 의견 제시로 인해 기분이 상할 수도 있을뿐더러 실질적으로 도움이 되지 않을 가능성도 높습니다.

팁을 좀 드리자면 이야기하는 상대방의 말에 맞장구를 잘 쳐주세요. 상대가 눈물을 흘리면 같이 속상해하고, 상대가 웃으면 같이 크게 웃어주는 겁니다. 당신의 이야기를 귀기울여 아주 잘 듣고 있다는 사실을 느끼게 해주면 더없이 좋습니다. 그보다 더 큰 위로는 없으니까요. 백 마디 말보다 더 강력한 것이 공감입니다.

사람 보는 눈을 키우고 싶다면

꾸준히 만남을 이어가면서 시간을 보내다 보면 연애 초에 보이지 않던 상대방의 단점들이 하나둘씩 느껴지기 시작합니다. 본 지 얼마 안 됐을 때는 단점도 마냥 귀엽고 사랑스럽게 느껴지지만 시간이 지남에 따라 일명 콩깍지가 벗겨지기 때문입니다.

그러면 본격적으로 썸을 타기 전에 '좋은 사람'이라는 것을 어떻게 알아볼 수 있을까요? 모두가 각자의 가치 기준에 따라 사람을 바라보게 되지만 이 사람이 정말 좋은 사람인지, 아닌지 알아볼 수 있는 본질적인 기준이 하나 있습니다.

사과나무에는 사과가 맺히고, 은행나무에는 은행이 맺히게 되듯이 세상의 모든 것은 '씨앗'에 따라 결과가 나옵니다. 누구도 바꿀 수 없는 불변의 법칙이지요. 사람도 마찬가지입니다. 상대방이 좋은 사람인지, 나와 함께할 수 있는 짝인지를 알아볼 수 있는 힌트는 사람의 씨앗인 '말과 행동'입니다. 평소 자주 하는 행동이나 말 속에 시그널이 숨겨져 있습니다.

먼저 그가 스스로를 사랑하는 사람인지 지켜보길 바랍니다. 자기 비하적인 말을 많이 한다거나 혹은 지나친 음주, 흡연 등으로 자기 관리를 하는 데 소홀한 편은 아닌지 잘 살펴볼 필요가 있습니다. 혹은 정해진 약속 시간에 자주 늦지는 않는지 보는 것도 중요합니다. 본인조차 잘 케어하지 못하고, 작은 약속도 지키지 않는 사람이 연인에게 잘해줄 거란 기대는 빨리 접는 게 좋습니다.

삶에 목표가 있는 사람, 시간을 계획적으로 쓸 줄 아는 사람을 만나세요. 목표의 크고 작음은 중요치 않습니다.

그게 무엇이든 간에 본인만의 인생 그림은 갖고 있어야 합니다. 이는 숨쉬고 살아 있으니까 사는 것이 아니라, 인생을 내가 원하는 방향으로 이끌고 움직이며 주체적으로 살아가는 것을 의미합니다. 본인에게 주어진 시간의 중요성을 잘 아는 것이지요.

그다음으로 '나와 다름'을 대하는 태도를 잘 봐야 합니다. 저도 사람인지라 머리로는 이해하지만 막상 행동으로는 잘 안 되는 일들이 많이 있습니다. 특히 다름을 인정할 때가 그렇습니다. 말은 쉽습니다. 인정하면 된다, 나와 다를 수밖에 없다…… 하지만 대부분이 자기도 모르는 새 본인이 살아온 방식과 가치관으로 상대방을 규정하고 판단합니다. 이를테면 연인이 갑자기 내가 요청하지도 않은 조언을 하거나, (누가 봐도 잘못이 아닌) 어떤 점을 일방적으로 고치고 바꾸라고 지적하는 태도가 여기에 속합니다. "그동안 좀 지켜봤는데, 넌 돈을 좀 생각 없이 막 쓰는 거 같아. 아껴 써!" 이런 식으로 말하는 것 말이지요. 상대를 그대로 인정할 줄 안다면 이런 말을 할 이유가 없습니다. 차이을 인정하지 않는 사람보다는 평소 '그럴 수도 있지, 다를 수도 있지' 하고 생각할 줄 아는 여유를 가진 사람이 더 좋습니다.

연인 관계를 보면 사귄다는 이유 하나만으로 상대에게 이기적인 요구를 하기도 하고, 심지어는 상대를 본인 기준대로 바꾸려는 분들이 많습니다. 하지만 사람은 누구나 똑같을 수 없고, 각자의 장단점은 다르기 마련입니다. 우유부단하지만 타인에게 관대하고 친절한 사람일 수도 있고, 반대로 이기적이지만 상대에게 꼭 필요한 객관적이고 날카로운 조언을 주는 사람일 수 있습니다. 각자가 더 잘하고, 더 나은 영역이 있을 뿐이지 그렇다고 해서 누가 더 우월하다고 판단해서는 안 됩니다.

사실 이런 기준을 아무리 설명해도 객관적으로 사람을 보기란 쉽지 않습니다. 본래 사람은 내가 보는 것을 믿는 게 아니라 내가 믿는 것을 보게 되기 때문입니다. "난 객관적으로 사람 진짜 잘 봐" 하고 말하는 분들 역시 이성이 감정에게 질 때가 많습니다. 그래서 종종 아닌 걸 알면서도 관계를 지속하는 경우가 자주 보입니다.

중요한 것은 들리고 보이는 것이 아니라 그 안의 본질

인 씨앗입니다. 외피는 잠시 바꿀 수 있어도 절대 씨앗은 변하지 않습니다. 사실 여러분은 제가 설명한 것들이나, 내게 옳은 정답이 무엇인지도 잘 알고 있습니다. 내가 잘 못 보았다는 사실을 차마 인정하기가 어려울 뿐이지요.

2장 관계는 혼자가 아닌 둘이 함께 만드는 것

내가 아니면

안 될 것 같다는

생각은

착각이다

헤어진 연인에게 절대 연락하면 안 되는 이유

"우리 그만 만나자." 이별 통보를 받으면 심장이 쿵 하고 바닥으로 내려앉은 듯 마음이 아프고, 멍해지면서 패닉 상태가 되기도 합니다. 정신이 번쩍 들었을 땐 상대가 나를 영영 떠나버릴 것 같아서 어떻게 해서라도 수습하기 위해, 붙잡기 위해 갖은 수를 쓰게 됩니다. 계속 연락을 하고 상대의 집 앞에 찾아가기도 하죠. 이럴 때는 불안해서 미치겠고, 온갖 감정이 요동쳐서 쉽사리 진정이 되지 않습니다. 하루에도 수십 번씩 이랬다저랬다 하는 상태가 됩니다. 이런 상황에서 중요한 건 '감정에 꺾이지 않는 냉정한 마음'입니다.

자, 입장을 바꿔서 한번 생각해봅시다. 예를 들어 지금 만나는 상대가 지겹고 싫어졌다고 생각해보세요. 변하지 않는 애인에게 지쳐서, 더 이상 관계가 나아질 거 같지 않아서 혹은 마음이 식어서 등 여러 이유가 있을 겁니다(사귀는 상대가 아닌 다른 사람에게 마음을 준 경우는 제외). 이별을 고하기까지 나름대로 많은 고민을 했을 것이며, 힘든 연애를 하느라 그로 인해 심적으로 지친 상태일 가능성이 높습니다.

그러나 이별을 통보받았다고 해서 본인만 힘들 거라는 생각은 착각입니다. 헤어짐을 말하는 입장이라고 해서 그게 쉬웠던 건 아닐 겁니다. 정말 극단적으로 헤어진 관계가 아니라면 이별 후 속이 마냥 시원한 사람은 없습니다. 그래도 어쨌거나 지금은 헤어지고 싶은 마음이 더 크고, 혼자만의 시간이 필요한 상황인데 상대가 나에게 잘못했다고, 진짜 잘하겠다고 하면서 계속 연락을 하고 붙잡는다면 어떨 것 같나요?

만약 이별을 한 연인에게 연락을 했으나 그가 여러분을 부담스러워 하거나 피한다면 그때부터는 기다려야 합니다. 정말 이 사람을 다시 한번 만나보고 싶다면 말입니다. 간혹 지속적으로 안부를 물어가며 '너를 기다리고 있겠다', '나는 괜찮으니 부담 갖지 마라', '친구로라도 지내자' 등의 메시지를 전하는 분들이 있는데, 이는 절대 하지 말아야 할 행동입니다. 이 경우는 역으로 상대에게 부정적 인상만 남기고, 최악의 경우 '헤어지길 잘했구나'라는 이별의 확신마저 심어주게 될 가능성이 높습니다. 휴대폰을 자꾸 들여다보지 마세요. 의도적으로 상대의 SNS, 카카오톡을 보지 않아야 합니다. 볼수록 마음이 더 심란해질 수밖에 없고, 자칫하다가 상대에게 저런 메시지를 보내게 될 확률도 높아지니까요. 헤어졌을 때는 상대에게 어떤 제스처도 취하지 말고, 그냥 아무것도 하지 않는 것이 최선입니다.

여러분이라는 '소중함'을 그 사람에게 다시 일깨워주기 위해서라도 더더욱 기다려야 합니다. 헤어짐을 통보한 사람이 이별 후의 '상실과 부재'를 절실히 느껴야 재회의 가능성이 조금이라도 더 커지는데, 자꾸만 연락을 하면 상대가 '이 사람은 늘 내 곁에 있구나', '아, 헤어져도 날 잊지 못하고 계속 좋아하는구나' 하고 인식하게 됩니다. 헤어진 느낌을 받지 못하는 거죠.

정말 옛 연인을 다시 붙잡고 싶다면 일단 그에게서 멀어져야 합니다. 그 시간 동안 본인을 제대로 뒤돌아보는 시간을 가지세요. 당장 내가 힘들어서, 감정이 주체가 안 돼서, 외로울 것 같아서 말뿐인 변화나 행동을 하겠다고 하지 말고 내가 진짜 왜, 무엇 때문에 헤어지게 됐는지 고민해보길 바랍니다. 그리고 상대를 정말 다시 만나고 싶다면 어떤 점이 달라져야 하는지도 잘 생각해보길 바랍니다. 재회도 사랑이 처음 시작될 때와 마찬가지로 존중과 배려 안에서 조심스럽게 이뤄져야 합니다. 감정적으로 연락하지도, 무조건 붙잡지도 마세요. 다시 만나게 될 사이도 만나지 못하게 될 수 있습니다.

그 사람의 진짜 모습을 알아보는 법

저는 많은 사람의 고민을 상담해주는 컨설턴트입니다. 매일 적게는 네 명에서 많게는 열 명 정도의 내담자를 만납니다. 상담을 받는 분들이 가장 많이 하는 질문은 바로 이겁니다. "그 사람의 속내를 모르겠어요! 상대방의 마음이 궁금해요." 이렇게 타인의 마음을 알고 싶다는 이야기를 가장 많이 듣곤 합니다.

가끔 이런 상상을 합니다. 누군가를 만날 때 만약 상대가 어떤 사람인지 확실히 알 수 있다면 우리가 조금 더 행복한 사랑을 할 수 있지 않을까? 그리고 많은 이가 사람이 주는 상처로부터 조금 자유로워질 수 있지 않을까? 귀중한 시간을 소중한 사람과 쓰는 데 집중할 수 있지 않을까?

많은 사람을 만나고, 유튜브 영상도 촬영하는 지금의 제 모습을 아는 사람은 상상이 잘 안 되겠지만 실은 저는 어릴 때 남의 눈치를 많이 살피는 아이였습니다. '이 친구는 왜 나에게 이런 표정으로 이야기를 하는 거지? 화가 났나? 내가 무슨 실수를 했나? 왜 저 친구는 나에게 이런 말을 이렇게 하는 걸까?'라는 고민을 속으로 아주 많이 했었습니다. 시간이 흘러 어른이 된 후에는 '상대의 마음을 정확히 알 수 있다면 그 많은 오해도 사라지고 인생이 더 행복해지지 않을까?' 하는 생각으로 이어져서 타인의 생각과 마음을 잘 파악하기 위해 심리에 관한 책을 읽거나 강연을 듣는 데 많은 시간을 쓰기도 했습니다.

만약 신이 여러분에게 상대방의 마음을 알려주겠다고 한다면 누구의 마음을 제일 먼저 알고 싶은가요? 여러 사람이 있겠지만 아마 사랑하는 연인의 마음이 아닐까 싶습니다. 썸 단계에 있는 분들은 이 사람이 나를 왜 좋아하지? 나에 대한 마음이 진심인가? 이 사람은 어떤 사람이지? 등 수많은 질문을 혼자 하고 있을 겁니다. 이제 막 사랑을 시작한 연인이라면 남자친구는 나를 얼마나 사랑할까? 실은 다른 사람을 좋아하는 것은 아닐까? 믿어도 될까? 등을 고민하며 끊임없이 상대방의 마음을 확인하고 싶고, 알고 싶어 합니다.

그렇다면 상대가 어떤 사람인지 알아보려면 무엇을 보면 될까요? 저는 많은 분께 아래 네 가지 항목을 기준으로 체크해보길 권합니다.

말을 잘 들어볼 것

사람의 말 속에 숨은 의도가 들어 있습니다. 자신이 평소에 많이 하는 무의식적인 생각이 입 밖으로 나오기 때문입니다. 이 사람이 부정적인지, 긍정적인지 아니면 어떤 주제에 관심이 많은지 등 그의 가치관에 대해서 말로 미리 볼 수 있는 셈이죠. 이때 주의할 점은 '부드럽고 자상한 말투'에 속아 넘어가서는 안 됩니다. 중요한 건

말투가 아닙니다. 간혹 따뜻하고 자상한 말투에 속아 이 사람이 좋은 사람이라고 착각하는 경우가 많은데, 말 속의 숨은 뜻을 잘 읽어내야 합니다. 자주 쓰는 말 속에 힌트가 있습니다.

본인의 돈과 시간을 주로 어디에 어떻게 쓰는지 볼 것

사람은 마음이 있는 곳에 돈과 시간을 씁니다. 예를 들어서 건강에 관심이 많다면 운동하는 데 많은 시간을 쓰고, 영양가 있는 식품을 구입하는 데 돈을 사용하겠죠? 또 자기 계발에 관심이 있는 사람이라면 본인이 원하는 분야의 책을 읽거나 강의를 들으며 돈과 시간을 쓸 겁니다. 내가 사랑하는 사람의 시간과 돈이 주로 어디를 향해 있는지 확인해보길 바랍니다. 폭음을 일삼거나 유흥을 즐기는 것이 최악이라는 건 이미 잘 알고 있을 겁니다.

주변 친구들 다섯 명의 삶을 간단하게라도 확인해볼 것

친구 관계도 그냥 유지되는 것은 아닙니다. 공통의 관심사가 있거나 가치관이 맞아야 지속됩니다. 그렇기 때문에 가까운 친구들, 특히 오래 잘 알고 지낸 주변 친구 다섯 명의 삶을 잘 살펴보면 상대의 삶의 방향을 확인할 수 있는 충분한 힌트를 얻을 수 있습니다.

힘든 상황에서 어떤 행동을 하는지 지켜볼 것

사람의 진짜 성품은 자기에게 어떤 이득도 없고 힘든 상황에서 드러난다고 생각합니다. 연인 간 다투게 됐을 때 어떻게 말하고 행동하는지, 본인의 삶이 힘겨운 순간에 사랑하는 사람을 어떻게 대하는지를 보면 그가 어떤 사람인지 알 수 있습니다. 사랑에 빠져 있을 때 사람은 상대에게 잘 보이고 싶은 마음이 크기 때문에 원래 가진 본인의 능력보다 좀 더 과장하고 어필하는 면이 있습니다. 자신이 더 멋지고, 이해심이 넓은 사람인 듯 행동하는 경향이 있죠. 그렇기 때문에 상황이 좋을 때보다 좋지 않을 때 상대의 태도를 잘 지켜봐야 합니다.

여러분, 사랑은 믿으려고 하는 것이 아니라 내가 행복하려고 하는 겁니다. 앞의 네 가지를 참고해서 자신을 잃지 않고 지키며 행복하게 사랑을 했으면 좋겠습니다.

카톡의 1이 사라지지 않아서 초조하다면

을의 연애를 하는 사람들이 제일 많이 하는 실수 중 하나가 연락과 만남의 '횟수'에 집착한다는 점입니다. 물론 사랑하는 사람과 자주 소통하고, 자주 만날 수 있다면 더없이 좋을 겁니다. 하지만 각자 삶의 방식이 있고, 처한 환경이 다르기에 조율이 필요한데 어느 한쪽이 무리하게 요구를 한다면 그 연애는 다시 한번 돌아봐야 합니다.

상대에게 집착을 하는 이유는 간단합니다. 본인의 인

생이 그리 썩 재미있지도, 행복하지도 않고 낙도 없기 때문입니다. 그런 무료한 삶에 연인이 나타나서 갑자기 엄청난 행복과 애정이 쌓이기 시작한 겁니다. 마치 다이어트를 할 때 소위 말하는 건강식, 저염식 위주의 식단을 지키다가 조미료가 가득하고 기름진 음식을 먹으면 입맛이 확 도는 것과 같은 것이지요.

'지나치게 의존하지 말아야지' 하면서도 저도 모르게 연인에게 기대감이 조금씩 생겨납니다. 그러다 상대가 본인 삶의 전체가 되어가면서 점점 작은 것에도 상처받고, 민감해지고, 이 사람의 행동과 말에 좌지우지되는 초라한 나 자신이 남게 됩니다. 갈수록 연인이 나와 시간을 더 많이 보내길 바라고, 더 심하게는 아예 상대를 통제하려고 시도하기도 합니다. 이를테면 친구들과 늦게까지 술 마시는 것이 싫어서, 본인 아닌 다른 사람을 만나는 것이 싫어서 등 여러 가지 이유를 붙이면서 말이죠.

한 가지 생각해봅시다. 여러분은 부모님이 일찍 들어오라고 하면 집에 일찍 들어오고, 연락해달라고 하면 바로 연락하고, 먹으라고 하면 그때 먹고…… 부모님이 시키는 모든 일을 다 지키고 실행하나요? 아닐 겁니다. 이렇듯 본인도 그렇게 하지 못하면서 왜 상대를 통제하려고 하나요?

다른 사람을 통제할 수 있다고 생각하는 건 큰 착각입니다. 그리고 아무리 애를 써도 결국 놀 사람은 놀고, 술을 마실 사람은 술을 마시게 돼 있습니다. 차라리 상대를 믿어주고, 일방적 요구가 아닌 서로 반드시 지키기로 한 약속을 깼을 때 상대를 놓겠다는 마음의 준비가 되어 있어야 합니다. 그래야 집착으로부터 벗어날 수 있습니다.

집착은 본인도 모르는 새 무의식적으로 하는 행동이기도 하기 때문에 이를 버리려면 상대에 대한 관심과 사랑을 의식적으로 '나'에게 돌려야 합니다. 이 사람이 당장 오늘 내게 헤어지자고 하더라도, 슬프고 마음이 아플지언정 나는 혼자서도 잘 살아갈 수 있는 사람이라고 생각해야 합니다. 소중한 사람이 내 인생에서 사라진다 하더라도, 더 소중한 나의 삶은 계속되기 때문에 행복하게 살아야 하는 의무가 있는 것이죠. 결국 집착은 어떤 행동을 멈춤으로써 그만두게 되는 것이 아니라 나 스스로를 더 사랑하고, 나를 믿고, 나만의 시간을 보내면서 서서히 놓게 되는 것입니다.

이런 사람은
곁에 두지 마라

아프고 아픈 이별을 겪은 후, 우리는 항상 다짐을 합니다. '다시는 이런 사람을 만나지 말아야지, 절대로 이런 사람만은 만나지 말아야지!' 문제는 시간이 지나면 우리는 과거의 아픔을 잊고, 새로운 사람을 만나 결국 또 비슷한 아픔을 반복합니다.

만약 여러 번 이별을 겪은 뒤 '내가 왜 이런 XX놈을 만났지?', '왜 또 저번이랑 비슷하게 헤어졌지?'라는 생각이 들게 한 상대가 있다면 자신에게 이 질문을 해보길 바랍니다. 만약 사랑하는 가족이 내가 만나는 사람과 연애를 하고, 결혼한다고 하면 정말 그 연애와 결혼에 찬성을 할 수 있을까?

이 질문에 답을 할 수 없거나, '아니'라고 답한다면 이 관계를 재고하거나 멈춰야 된다고 생각합니다. 만약 바로 답을 선뜻 내리지 못했다면, 연애할 때 자기 자신을 위한 존중과 배려를 하지 않고 그저 사랑만을 지키기 위한 사랑을 한 것입니다.

그렇다면 인생이라는 귀중한 시간을 제대로 쓰려면 어떤 유형의 사람을 피해야 할까요? 제일 먼저 거짓말을 하는 사람입니다. 사랑은 서로의 신뢰와 믿음을 키워나가는 과정입니다. 거짓말이란 건 하나의 거짓말에 그치지 않고 계속해서 또 다른 거짓말을 만들어냅니다. 서로를 믿고 신뢰하며 함께 나아가야 할 때, 첫 단추를 잘못 채운다면 올바른 관계를 지속할 수 없습니다.

두 번째는 감정을 상대에게 다 쏟아내는 사람입니다. 사랑을 할 때의 핵심은 존중과 배려입니다. 상대를 존중하려면 본인의 기분과 상관없이 예의를 지켜야 하는데,

자기 감정에만 취해서 소중한 상대에게 기분을 매 순간 있는 대로 드러내면 안 되는 거죠. 사랑한다고 해서 나의 감정을 있는 그대로 상대에게 쏟아내거나, 모든 것을 공유하려고 한다면 그것은 '감정 쓰레기통'으로 취급하는 것과 같습니다. 그런 사람은 사랑할 준비가 되지 않았다고 생각합니다.

세 번째는 절제가 안 되는 사람입니다. 사람은 자신만의 목표와 신념을 갖고 인생을 살아가야 합니다. 이때 원하는 것을 이루기 위해서는 절제할 줄 알아야 합니다. 살다 보면 참 많은 유혹이 있죠. 바람, 도박, 음주 등 이런 유혹의 순간을 마주했을 때 순간의 감정에 이끌려서 본인 삶을 망치게 된다면 본인은 물론이고, 연인에게도 나쁜 영향을 미칠 수밖에 없습니다. 연인 간 신뢰를 잃게 되고, 불신이 가득차면서 관계는 행복과 거리가 멀어지게 되죠. 일단 그런 사람은 믿을 수가 없습니다.

네 번째는 게으른 사람입니다. 게으른 사람은 연애를 할 때도 게으릅니다. 처음에는 잘 보이기 위해서 이런 면을 감추겠지만 시간 속에서 서서히 본 모습이 나올 겁니다. 늘 그렇게 해왔기 때문에 항상 편안하고 쉬운 길을 선택하려 할 것이고, 상대도 마찬가지로 똑같이 대할 겁니다. 시간이 지나면 사랑의 열정은 온데간데없고, 내가 그 사람의 손을 잡고 끌고 가야 하는 상황이 펼쳐질 겁니다. 사랑은 우리가 서로 주고받으려고 하는 것이지, 이미 다 자란 누군가의 부모가 돼서 일방적인 애정을 주려고 하는 게 아님을 명심해야 합니다. 생각보다 연인에게 애정을 무한대로 퍼부어주는 여성분이 참 많습니다.

끝으로는 돈이나 외모 같은 조건으로 모든 문제를 다 해결할 수 있다고 생각하는 사람입니다. 만약 여러분이 만나는 사람이 돈 혹은 외모, 보여지는 것들에 집중하는 유형이라면 사랑하는 연인의 내면 깊숙한 곳까지 보듬어주지는 못할 겁니다. 사랑은 서로 소통하고 부족한 점을 채워나가며 미래를 함께 그려야 하는데, 모든 것들을 감각적인 부분에서 찾는 사람은 나이가 들거나 혹은 살다가 좋지 않은 일을 마주쳤을 때 내 손을 제일 먼저 놓을 가능성이 높습니다.

이렇게 많은 예를 들었지만 본질은 하나입니다. "사랑

은 의지를 갖고 존중과 배려를 해가며 믿음을 만들고, 무엇보다 나의 행복을 위해서 하는 것이다." 앞으로 나 자신에게 사랑의 의지도 없고, 존중과 배려도 없는 사람에게 하나뿐인 마음을 내어주지 않았으면 좋겠습니다.

연락 횟수가 정말 중요할까

사랑은 완전히 다른 두 사람이 만나서 서로의 삶에 적응하는 과정이라고들 말합니다. 적응을 잘하면 관계는 오래 유지될 것이고, 반대로 적응을 하지 못하면 새로운 짝을 찾아서 다음 여정을 떠나게 됩니다.

서로 적응해갈 때 가장 신경써야 할 것이 바로 '연락'입니다. 사랑하는 두 사람이 24시간 내내 계속 같이 있을 수 없으니 연락을 해서 서로를 이해하고, 신뢰를 쌓아가며 믿음을 굳건히 해야 합니다. 실제 조사에 따르면 연인

간의 싸움 원인, 이별의 이유 모두 1위가 연락 문제라고 합니다. 이것만 보더라도 사랑에 있어서 연락이 얼마나 중요한지 알 수 있죠.

연애를 해보신 분이라면 전화를 붙잡고 상대방의 연락이 언제쯤 올까 하며 기다리거나, 통화할 때 작은 말다툼이 감정 싸움으로 번지는 것을 경험해봤을 겁니다. 도대체 연락이 뭐길래 우리를 이토록 힘들게 할까요? 왜 상대의 연락을 기다리고 또 기다리게 될까요? 연락 문제에 자신의 가치관이 반영돼 있기 때문입니다. 연락의 빈도가 사랑의 크기라고 믿으니까 말입니다.

이럴 때 연락에 대한 본인의 관점을 조금 바꿔본다면 마음이 편안해질 수 있을 겁니다. 서로 각기 다른 삶을 살고, 시간을 보내는 두 사람이 만나 사랑을 하면서 아무 문제 없이 딱 들어맞기란 사실상 불가능합니다. 연락에 대한 생각도 다를 수밖에 없습니다. 어느 정도 서로의 다름을 인정해야 하죠. 연애를 할 때 이런 문제로 힘들었던 적이 있다면 연락은 사랑의 크기를 재는 척도가 아니라 그저 가치관의 차이로 받아들이는 연습을 해야 하고, 무엇보다 상대방의 사랑과 관심을 연락으로 판단하지 않았으면 합니다.

사람마다 자신이 상대에게 주고 싶은 것과 받고 싶은 것이 있습니다. 누구는 그것이 따뜻한 연락 한 번일 수도 있고, 또 누구는 바쁜 와중에 얼굴을 잠깐이나마 보는 것일 수도 있습니다. 이 중에 정답은 없습니다. 다 생각하기 나름이니까요. 다만 연애할 때 연락 문제로 다투거나 힘들었던 적이 있다면 그럴수록 연락의 횟수를 사랑의 척도로 삼지 말고, 단순히 전화 횟수와 통화 시간이 아니라 휴대폰 너머의 상대가 얼마나 나를 생각하고 이해해주는지, 그의 진심을 헤아려보세요. 사랑과 믿음은 그렇게 키워나가는 것입니다.

그의 전 애인이 신경 쓰일 때

연애를 할 때 꼭 알아야 하고, 필요한 게 무엇이 있을까요? 간단하지만 중요한 세 가지 팁을 알고 사랑을 하면 큰 도움이 됩니다.

먼저 항상 편안한 모습을 보여주지 마세요. 연애 초기에는 좋은 모습, 예쁘고 멋진 모습을 보여주기 위해서 겉모습인 외형적인 부분을 굉장히 많이 신경 씁니다. 상대를 제대로 알기 전에는 사람이다 보니 보여지는 게 가장 크니까요.

그러나 서로 알아가고, 연애를 하고, 시간이 지나면서 익숙해지다 보면 너무 느슨할 정도로 편해지는 단계까지 가게 됩니다. 집에서 입는 낡은 트레이닝복을 입고 만날 만큼 외형적 변화를 더는 주지 않게 되기도 합니다. 이 말은 트레이닝복을 입는 그 자체를 폄하는 게 아닙니다. 그만큼 편하고 안정적인 사이가 됐다는 뜻이기도 하니까요.

편하게 만날 때의 장점도 충분히 있지만 그런 날들 속에서 약간의 '긴장감'도 필요하다는 이야기를 하고 싶습니다. 연애 초의 모습처럼 예쁘고 멋지게 꾸미고 나가면 매일 보던 익숙한 모습에서 연인의 새로운 면이 보이고, 느슨해진 사이에 다시 긴장감을 주어 관계에 활력을 더할 수 있다는 뜻입니다.

다음으로 상대방의 과거에 대해서 묻지 마세요. 사랑하는 사람의 과거가 궁금하고, 또 어떤 사람을 만났는지 알고 싶을 수 있습니다. 만약 상대에게 과거를 물었을 때, 그가 대답을 하지 않는다고 해서 '뭔가 켕기는 게 있는 거 아냐?'라고 생각하는 것도 본인의 주관적 판단이 개입

된 것입니다. 각자 과거에 대해 갖고 있는 생각과 가치는 다른 법입니다. 어느 선까지는 물어보고 대답을 해줄 수 있지만 정도를 지나친 질문, 이를테면 스킨십 같은 것을 묻는 것은 실례입니다.

사랑한다고 해서 내가 원하는 모든 것을 요구할 수는 없습니다. 일상적인 면이든, 성적인 부분이든 뭐든지 간에 물어 봐야 본인에게도 좋을 것이 없습니다. 상대의 과거를 낱낱이 알게 되는 게 과연 좋은 일이기만 할지 한번 생각해보세요. 순간의 호기심을 이기지 못하고 물어본 뒤, 상대가 정직하게 대답해줬는데 오히려 본인이 그 답을 감당하지 못한다면 어떻게 할 건가요? 이런 문제가 생기는 경우도 종종 있습니다.

마지막으로 상대방을 바꾸려고 하지 마세요. '이것만 바뀌면 더 좋을 텐데, 저것만 안 하면 괜찮을 텐데…….' 자기 기준에 별거 아니라고 생각해서 상대방을 바꾸려고 하는 사람들이 많습니다. 그러나 사람은 바꿀 수 없습니다. 오히려 정말 누가 봐도 치명적인 단점이 많은 사람이라면 그를 바꾸려고 하기보다 관계를 다시 생각해보는 편이 더 현명합니다. 상대를 있는 그대로 바라보고 인정할 수 없다면 관계를 그만두는 것도 서로를 위한 최선의 결론이라고 생각합니다. 반대로 지금 만나는 연인이 나를 바꾸려고 한다면 있는 그대로의 나를 인정하고 사랑을 줄 사람도 있다는 생각을 놓지 마세요. 어느 한쪽을 위해 한 사람이 일방적으로 맞추고 자신을 바꿔야 한다면 관계가 지속되기 어렵습니다.

제가 상담을 약 15년간 해오며 한 가지 깨달은 것이 있습니다. 연애를 할 때의 설렘이란 감정은 평생 갈 수 없다는 사실과, 행복한 사랑을 유지하려면 상대방의 마음을 채워주려는 노력과 의지가 필요하다는 것입니다.

긴 시간 동안 상담하며 설렘에 이끌려 본인 자신이 아닌 상대를 위한 사람이 되려고 애쓰는 참 많은 분을 보았습니다. 연인에게 잘 보이고 싶기 때문에 싫거나 불합리해도 무조건 참고, 상대보다 더 많이 노력하는 모습을 보였죠. 하지만 과연 이 행동이 얼마나 갈 수 있을까요? 그리고 그 모습은 정말 자신의 모습이라고 할 수 있을까요?

보통 연애 초반에는 사랑 호르몬에 의해 설렘을 느낀다고 표현합니다. 흔히 '눈에 콩깍지가 씌였다'라고 이야기하죠. 뇌과학자들에 의하면 이 콩깍지는 호르몬에 의한 것인데 길어야 1년~1년 6개월 정도까지 지속된다고 합니다. 이 시간이 지나면 서서히 현실의 모습을 보게 된다는 뜻입니다.

이 글을 읽는 독자분들 중에서는 "아닌데요, 저흰 정말 잘 맞는 커플이에요"라고 생각하는 분이 있을 수도 있습니다. 솔직히 말하자면 100퍼센트로 잘 맞는 커플은 이 세상에 존재하지 않습니다. 처음에는 두 사람의 모든 것이 잘 맞고, 상대의 모든 것이 다 이해됩니다만, 그 속을 자세히 들여다보면 알게 모르게 본인이나 상대가 양보하는 부분이 있을 겁니다. 하지만 시간이 지나며 설렘이란 감정의 크기가 줄어들면 이런 점들이 서서히 흐려지게 되죠. 여태껏 보이지 않았던 상대방의 문제점들이 보이기 시작하고요.

다시 한번 정리하자면 상대에게 항상 편안한 모습만을 보여주지 말고, 과거에 대해 묻지 말고, 끝으로 그를 바꾸려고 하지도 마세요. 이는 바꿔 말하자면 여러분을 있는 그대로 봐주고 사랑을 주는 사람과 행복한 연애를 했으면 좋겠다는 이야기입니다.

집착하지 않기 위해 알아야 할 것들

"사랑하는 사람이 있는데 제가 집착을 해서 부담스럽다고 이별 통보를 받게 되거나, 갑자기 연락이 끊기곤 해요. 이럴 땐 어떻게 해야 하나요?" 상담을 하다 보면 이런 고민을 갖고 있는 분들을 자주 뵙게 됩니다.

먼저 사랑을 할 때 본인이 왜 집착을 하게 되는지부터 이해해야 합니다. 이번 글은 평소 나는 '상대를 구속하지 않을 거야, 집착하지 않을 거야' 하고 생각하면서도 본인도 모르게 계속 집착하게 되는 분들에게 도움이 되었으면 합니다.

연애할 때 상대에게 집착하는 분들의 경우, "사랑이 뭐라고 생각하세요?"라고 물으면 열 명 중 아홉 명이 제대로 대답하지 못합니다. 다들 지금 사랑을 하고 있으면서도 말하지 못합니다. 혹은 함께하는 것, 맞춰주는 것, 희생하는 것 등이라고 조심스럽게 대답을 꺼내놓습니다. '함께', '맞춰주는', '희생', 이 글자들이 본인이 왜 사랑할 때 집착을 하는지, 왜 자처해서 을이 되는지 보여주는 명백한 증거입니다. 사랑을 희생이라고 생각하면 상대에게 맹목적으로 희생을 하고, 함께해야 하는 것이라고 생각하면 함께할 수 없는 상황이 있음에도 불구하고 같이 있지 않으면 이를 납득하지 못하며 불안감을 느낍니다. 또 맞춰줘야 한다고 생각하기에 평소 본인의 의사가 아닌 상대의 의사에 따라 모든 것을 결정하고 행동합니다. 이런 사랑의 잘못된 방식으로 인한 결과가 곧 집착입니다.

사랑은 본디 서로의 필요를 채워주며, 서로의 발전을 위해 윈윈하면서 나아가야 하는데 상대에게 일방적으로 의존하다 끝내는 집착을 하게 되고, 그러다 보면 결국 본인이 을의 입장이 되는 겁니다. 나라는 사람의 삶이 먼저이고, 그다음에 상대가 있어야 하는데 집착하는 분들의 대다수가 본인보다 상대의 존재가 더 크기 때문에 말과 행동 하나하나에 불안해하고 전전긍긍합니다.

사실 집착을 하는 것도 정말 힘든 일입니다. 집착을 당하는 입장도 괴롭겠지만 실은 집착하고 싶어서 하는 게 아니라, 사랑의 정의를 제대로 알지 못해서 집착을 하고 연애의 을이 되어버린 사람은 얼마나 더 괴롭고 힘이 들까요? 반드시 명심해야 할 점은 일방적으로 힘들고, 슬프고, 아프면서 하는 것은 사랑이 아닙니다. 본인은 사랑이라고 생각해도 상대가 원치 않는다면 그것도 올바른 사랑은 아닙니다.

결국 누군가에게 집착하는 이유는 그의 사랑을 받고 싶기 때문입니다. 하지만 상대가 아무리 나를 사랑해주고, 신경을 쓴다고 해도 본인이 스스로를 사랑할 줄 모르면 허전한 마음은 결코 채워지지 않습니다. 여러분이 스스로를 사랑하지 않는데 누가 사랑해줄까요? 타인이 여러분을 사랑하면 뭐 하나요? 본인이 자기 자신을 아끼지 않는데 말이에요.

상대방을 향한 존중도 없고, 더 나아가서 자기 자신을 망치는 생각과 행동을 이제는 멈춰야 합니다. 사랑하는 사람과 계속 함께하고 싶다면 그를 향한 넘쳐흐르는 관심을 나 자신에게로 돌리세요. 나의 내면과 성장 등에 더 주목하게 될 때 비로소 상대에게 집착하지 않을 수 있습니다. 나는 무엇을 좋아하며 어떤 것에 관심이 있는지, 뭘 할 때 행복함을 느끼는지 등부터 헤아려보세요.

3장 옛 연인을

도저히
잊을 수 없다면

재회를

간절히

원하는

당신에게

All about Love

“나보다 더 좋은 사람 만나”
라는 말의 속뜻

영화나 드라마를 보면 이별할 때 이런 대사가 종종 나옵니다. “내가 더 잘해줄 자신이 없어…… 더 좋은 사람을 만나서 행복하길 바란다.” 참 말 같지도 않은 말을 하며 헤어짐을 통보합니다.

표현이 좀 거칠었나요? 하지만 말이 되지 않습니다. 사랑하면 만남을 계속 이어가야지, 사랑하니까 보내준다? 사랑하는데 난 자신이 없으니 더 좋은 사람을 만나라? 앞뒤가 맞지 않는 말입니다. 현실의 우리가 이별을 겪을 때 주로 듣게 되는 세 가지 말이 있죠. 그 말로 인해서 상대에게 미련을 버리지 못하는 분들이 있는데, 마음이 아프겠지만 꼭 알아야만 하는 사실을 알려드리겠습니다.

"친구처럼 지내자"

사람 대 사람으로, 서로 성격이 잘 맞으면 헤어져도 친구로 지낼 수도 있겠죠. 예전과 다르게 요즘은 쿨하게 친구로 지내는 경우도 있지만 그 전에 저 말의 의미를 생각해봐야 합니다. 결국 속뜻은 네가 애인으로는 부족하나 놓치기는 아쉬우니 친구처럼 지내자는 것입니다.

혹은 본인의 지인과 연인의 지인이 겹치는 경우, 안 좋게 헤어지면 나쁜 소문이 날 것을 우려해 어떻게든 좋게 헤어지려고 하는 분들이 쓰는 말이라고 생각합니다. 연인 관계를 이어갈 만큼 매력이 없기에 헤어지자는 건데 이 말에 혹해서 미련을 갖고, 친구로 지내면서 관계를 지속하려고 하지 마세요. 차라리 거리를 두고 연락을 끊는 것이 더 낫습니다.

"미안, 나보다 더 좋은 사람 만나"

어쩌면 가장 최악의 말일지도 모르겠습니다. 이 관계에 대해서 더 이상 본인은 노력하면서 맞춰갈 마음이 없다는 뜻입니다. 본인보다 더 좋은 사람을 만나라는 것은 "난 너한테 더 노력하고 싶지 않아" 혹은 "지쳤으니까 그만해"라는 말을 듣기 좋게 포장한 것입니다. 더 이상 이 연애에 에너지를 쏟고 싶지 않다는 속내에 넘어가지 않길 바랍니다.

아예 차단한 경우

무슨 말로도 위로가 되지 않는 경우입니다. 별별 생각이 다 듭니다. 내가 정말 별로인가, 얼마나 싫으면 차단을 했을까? 차단을 하는 것도 여러 케이스가 있지만 예를 들어 연인를 잡고 싶은 마음에 연락을 계속하고, 심지어 집이나 직장까지 찾아가면 상대가 더는 연락을 받고 싶지 않아서 차단을 하게 되기도 합니다. 사랑하는 마음에서 그랬다고 해도 상대가 원치 않으면 그만해야 합니다.

이 세 가지 상황을 겪지 않는 것이 가장 좋겠습니다만 이를 마주하게 됐다면 그것은 어떠한 이유로든 여러분은 그 사람에게 더는 소중하지 않다는 뜻입니다.

한 여자 연예인이 TV 프로그램에 나와 한 말이 있습니다. 자신이 연애할 때 상대에게 목매는 타입인데 이를 본 어머니가 "관계를 유지하기 위해 노력은 해야 하지만 구걸하는 것은 아니다. 사랑은 구걸이 아니다"라고 조언을 해주었다고 합니다. 여러분도 나의 가치를 몰라주는 사람 옆에서 사랑을 구걸하지 마세요. 나를 소중히 여겨주는 사람을 찾아 그만 떠났으면 좋겠습니다.

잊겠다고 다짐할수록 절대 잊지 못한다

한 사람이 다른 사람을 만나 새로운 인연을 쌓아가는 일이 생각만큼 쉽지는 않습니다. 특히 내가 좋아하는 사람이 나를 좋아하는 건 흔치 않은 일이니까요. 그런데 이보다 더 어려운 건 바로 이별을 할 때입니다.

사랑하는 사람과 헤어졌을 때, 너무 괴로워서 빨리 잊고 싶은데 도저히 잊히지가 않습니다. 왜 그럴까요? 나쁜 기억은 묻히고 좋은 기억만 떠오르기 때문입니다. 사랑할 때는 좋은 순간도 많지만 실상은 다툴 때도 많습니다. 하지만 이별한 후에는 좋지 않은 기억보다 좋은 기억이 더 크게 남아 있죠. 그리고 깊은 후회가 있습니다. '만약 그때 다르게 이야기했다면 어땠을까?', '만약 그때 이렇게 행동했다면 달라졌을까?' 하고 '만약에'라는 가정이 하나둘씩 붙게 됩니다.

정말 그 시절로 돌아갈 수 있다면 '그 말', '그 행동'을 하지 않을까요? 알 수 없습니다. 지금은 내가 그 상황에 놓여 있는 것이 아니기 때문에 '다르게 행동할 것'이라고 짐작할 수 있는 겁니다. 사실 그런 일은 한두 번 반복된 것도 아닐 겁니다. 여러 차례 문제가 됐기 때문에 이별이라는 결론이 났다고 봐야 합니다. 정말로 본인이나 상대가 '다르게' 행동해서 변화가 있었다면 헤어지지 않았겠죠.

가끔 이별을 후회하며 이렇게 말하는 분도 있습니다. "하지만 그때 우리는 정말로 행복했었어요." 이 역시 지금 돌아봐서 미화됐을 가능성이 높습니다. 당시에는 분명 별로였을 것들이 지금은 헤어진 뒤 후회와 미련이 더해져서 좋아 보이는 겁니다. 지난 일이기 때문에 객관적으로 돌아볼 수 없는 거라고 봐야 합니다.

지금 여러분이 겪는 그 고통과 상실감은 아주 자연스럽고 당연한 감정입니다. 여러분만 겪는 게 아니라 헤어진 모든 사람이 견뎌야 하는 일입니다. 아무리 나쁘게 이별했을지라도 헤어진 직후 사랑했던 연인이 자꾸 생각나는 건 자연스러운 현상입니다. 헤어졌다고 해서 그 사람이 갑자기 기억에서 '뿅' 하고 사라지지 않습니다. 심지어 '잊어야지, 잊을 거야'라고 할수록 더 생각날 겁니다. "코끼리는 생각하지 마"라고 하면 코끼리가 더 떠오르는 것처럼 사람의 뇌는 의식적으로 생각하지 않겠다고 다짐할수록 더 생각나게 만들어져 있습니다.

만남의 시간이 있었던 것처럼 이별도 시간이 필요한 겁니다. 몸과 마음이 이별에 익숙해지는 시간을 줘야 합니다. 고통스럽지만 필수로 거쳐야 하는 부분입니다. 여기서 한 가지 착각하지 말아야 할 것이 있습니다. 분명히 이유가 있었기 때문에 헤어진 건데, 이별 후 상대가 자꾸 떠오른다고 해서 '내가 아직도 그 사람을 사랑하나?'라고 착각해서는 안 됩니다. 혼자 머릿속으로 생각하는 것까진 괜찮으나 문제는 불쑥 행동부터 나가는 분들입니다.

찰나의 감정인 외로움과 슬픔을 이기지 못해서 상대에게 연락을 계속하고, 심지어 집 앞, 회사 근처를 찾아가 서성이는 것이죠.

옛 연인과 정말 악연으로 끝나지 않은 이상, 함께한 시간만큼 헤어지는 시간도 필요합니다. 그 사람이 자꾸 생각나는 건 자연스러운 현상이기에 이를 어느 정도 받아들이고, 헤어진 이유에 대해 다시 곱씹어봤을 때 본인이나 상대방이 바뀌지 않을 것 같다면 그만 내려놓을 줄 알아야 합니다. 사랑은 만남을 이어갈때도 중요하지만, 헤어지고 나서 그토록 아꼈던 이를 잘 보내주는 것 역시도 저는 사랑의 한 종류라고 생각합니다.

헤어짐을 겪은 많은 분들이 힘들어하는 것을 보면 저도 사람이기에 마음이 아픕니다. 하지만 힘들다는 것은 그만큼 사랑했기 때문에 자연스럽게 오는 일입니다. 여전히 고통스럽다면 이 말을 기억하세요. "이 또한 지나가리라." 시간이 걸릴지라도 결국 언젠가는 다 잊히고 지나갈 겁니다. 그리고 더 좋은 사랑이 어느 날 여러분에게 다가올 겁니다.

깨진 그릇은 다시 붙이기가 진짜 어려워서

***

600일 정도 만난 애인과 헤어진 지 한 달 반이 되었습니다. 사귄 지 1년 정도 되었을 때 상대방이 큰 잘못을 해서 잠시 헤어진 적이 있는데, 한두 달 후에 그가 사과를 하며 저를 다시 붙잡아서 만남을 이어갔습니다.

상대의 잘못으로 헤어지고 다시 만남을 이어

갔기에, 그 뒤로 제가 갑 아닌 갑의 위치에 서게 됐습니다. 상대의 행동이 제 맘에 들지 않으면 갑처럼 행동했고 말로 상처를 주기도 했지만 그래도 좋은 순간이 더 많았다고 생각합니다.

두 번째 이별은 사소한 다툼으로 시작되었습니다. 끝내 상대가 저에게 우리는 맞지 않는 것 같다며 헤어지자고 말했고, 그때부터는 반대로 제가 그를 붙잡게 되었습니다. 2주 정도 기다리면서 연락도 하고 잡을 만큼 잡아봤지만 잘 되지 않아 정리하기로 마음먹었습니다. 하지만 마음이 마치 롤러코스터를 타는 것처럼 하루에도 수십 번씩 오르락내리락하면서 화가 조절이 되지 않습니다.

과거 연인이 잘못을 했는데 제가 용서해줬고, 다시 만남을 이어가던 중에 (저도 무례한 행동을

하기는 했지만) 이전에 훨씬 더 큰 잘못을 저지른 상대가 헤어지자고 한 이 상황이 잘 받아들여지지 않아요. 제가 어떻게 해야 할까요?

의외로 많은 분이 이 같은 상황을 겪어본 적이 있을 거라고 생각합니다. 크든 작든 간에 상대방에게 문제가 있을 때 이성적으로는 이 사람과 그만 만나야 한다고 생각하지만 감정이 더 앞서기 때문에 재회를 하게 됩니다.

문제는 여기서부터 시작됩니다. 상대방은 잘못을 했기 때문에 자신을 더 낮추게 되고, 본인은 그런 상대를 받아주는 입장이 되어서 누구도 입 밖으로 꺼내어 말하지는 않지만 모종의 '갑을 관계'가 형성됩니다. 이러한 관계에서 잘못을 한 상대를 다시 받아주고 만나기로 한 사람의 입장에 대해 이야기해보겠습니다.

무언가 잘못을 한 상대를 받아주며, 스스로 그를 이해하고 용서하는 마음으로 다시 시작했다고 하지만 정작 마음속에는 풀지 못한 응어리가 남아 있습니다. 그렇기 때문에 종종 연인에게 원망 아닌 원망과 짜증으로 감정을 표출하게 됩니다. 주로 많이 하는 것이 '언어적 폭력'입니다. 상처를 주는 말을 하거나 욕설을 하는 것이죠. 언어적 폭력이라고 표현한 이유는, 이 경우 상대방의 행동에 대해 잘잘못을 따지기보다는 상대방의 자아를 깎아내리는 말을 함으로써 상처를 주는 경우가 많기 때문입니다. 물론 그렇게 하는 본인의 마음도 편하지는 않을 겁니다.

재회를 하면 행복할 것만 같나요? 깨진 그릇 조각을 다시 붙이기가 어렵듯이 연애 초반처럼 행복하게 만나기란 쉽지 않습니다. 스스로 힘든 길을 선택한 것이나 다름없다고 봐야 합니다. 만약 몰래 다른 이를 만난 상대와 다시 사귀기로 한 사람이라면 '한 번 바람 핀 사람은 또 그런다던데, 내 애인이 그러면 어떡하지?' 하는 걱정을 늘 안고 연애해야 합니다. 이런 고민과 힘듦을 스스로 지고 갈 필요는 없습니다. 그게 무엇이든 간에 용서하기 힘든 잘못을 저지른 상대와는 이별을 택하는 것이 맞습니다. 본인을 위해서 말이지요. 상대의 잘못을 받아주며 혹시 그가 바뀔지도 모른다는 막연한 기대 심리, 막상 곁에 있던 사람이 떠나자 느끼는 당장의 외로움 때문에 재회를 선택하는 것은 '감정'에 지는 행동입니다.

하지만 우리의 주인이 감정이 아니라 우리가 감정의 주인입니다. 생각해보세요. 정말 사랑했던 사람이라고 해도 여러분은 그 사람의 존재조차 모르던 시절에도 아주 잘 살고 있었습니다. 그때의 마음을 떠올려보고 감정에 본인을 내맡기지 않기를 바랍니다. 그 대신 나를 행복하게 해주는 것들 그리고 본인이 유독 취약한 감정 등을 떠올리며 자신을 돌아보는 시간을 가져야 합니다.

이 말은 단순히 시간이 해결해준다는 뜻이 아닙니다. 자신에게 집중하지 못한다면 앞으로 다른 사람을 만나더라도 똑같은 상황이 반복될 겁니다. 사랑은 연인과 감정을 교류하며 행복해지려고 하는 것도 맞지만, 동시에 내가 더 성숙한 사람이 되어가는 과정이기도 합니다. 그러므로 사랑에도 공부와 배움의 시간이 반드시 필요합니다.

그때는 연인, 지금은 남

'아름다운 이별'이라는 말이 있습니다만 사실 이별이 썩 아름답지는 않습니다. 이번에는 이 말에 누구보다 공감할, 좋지 않게 헤어진 분들에 대해서 이야기해 볼까 합니다.

한때 너무나 사랑했던 사이, 서로에게 좋은 추억과 시간으로 기억되면 좋겠지만 환승 이별을 한 연인이 다른 사람과 행복하게 연애한다는 소식을 들은 경우, 언어 폭력을 일삼거나 나를 무시하고, 심하게는 물리적 가해까지 경우 등 이렇게 최악의 연애와 이별을 했음에도 불구하고 옛 연인이 자꾸 떠오른다는 분들이 종종 있습니다. 심지어 "주변에서 절더러 미쳤다고 해요. 정말 해롭고 나쁜 사람이었는데도 자꾸 생각나고 그리워요. 혹시 저한테 정신적으로 문제가 있는 걸까요?"라고 말하며 고통을 토로하는 분도 있습니다.

이는 본인 스스로 상대방에 대한 의존성을 높여놨기 때문입니다. 자신보다 상대를 더 의지하고 믿었기 때문에 나보다 더 컸던 사람이 없어지니 당황스럽고 힘이 드는 것이지요. 알기 쉽게 예시를 들어보겠습니다. 제가 이 글을 쓰는 지금은 비가 많이 내리는 장마철입니다. 저는 비가 오면 항상 삼겹살이 떠오르는데 여기서 삼겹살을 '나쁜 전 애인'에 비유해보겠습니다.

어디선가 맛있는 삼겹살 냄새가 나는데 냄새를 맡지 않겠다며 코를 막는다고 정말 냄새가 막아질까요? 이미 냄새를 맡았으니 삼겹살의 이미지가 내 머릿속으로 들어왔고, 또 먹어본 그 맛이 떠올라서 침도 고이고 배도 고픕니다. 속으로는 삼겹살을 생각하고 싶지 않았지만 냄새를 맡았기에 자연스럽게 떠올리게 됐고, 혹은 냄새를 맡지 않아도 가끔은 이미 아는 그 맛인 삼겹살이 생각나기도 해요. 헤어진 전 연인이 바로 삼겹살과 같습니다.

어떤 생각, 감정, 욕구가 그때그때 떠오르는 건 인간의 노력으로 막을 수 없는 본능입니다. 그러나 참고 자제하는 것 역시 인간이라면 당연히 해야 하는 일입니다. 삼겹살이 먹고 싶단 생각이 문득문득 떠오를 수는 있지만, 자주 먹으면 건강에 좋지 않기 때문에 의식적으로 참는 것과 같다고 할 수 있지요. 이처럼 생각을 행동으로 옮기느냐, 옮기지 않느냐의 문제는 본인에게 달려 있습니다. 내가 많이 의존했고 또 사랑했던 그 사람이 자꾸 떠오르더라도, 본인의 노력 여하에 따라 그의 영향력을 서서히 줄여갈 수 있습니다.

이 말인즉 본인이 의미를 부여하지 않으면 더는 의미가 되지 않는다는 뜻입니다. 헤어진 상대가, 나쁜 그 사람이 자꾸 생각나는 건, 생각이 난다고 해서 아직 사랑하는 것이라고 스스로 판단해버렸기 때문입니다. 그러나 머릿속 생각보다 더 중요한 것은 이미 헤어졌다는 현실 그리고 이별을 하게 만든 원인이라는 의심의 여지가 없는 사실입니다.

최악의 전 애인이 자꾸 떠오르고, 그가 생각나서 고통스러운 분들, 떠오른 생각을 자꾸 곱씹지 말고 그냥 그대로 흘려보내길 바랍니다. 다른 일에 집중을 하면 더 도움이 될 겁니다. 가벼운 산책, 청소, 게임, 뭐든 좋습니다. 그러면 생각은 또 다른 생각으로 덮히게 될 겁니다.

지나가는 찰나의 떠오름으로 인해 너무 괴로워하지 마세요. 여러분은 무엇 때문에 헤어졌는지 너무나 잘 알고 있습니다. 생각과 감정을 막을 수는 없지만 이후에 어떤 행동을 할지는 여러분에게 달려 있습니다. 헤어진 그 자리에 멈춰 선 채 계속 울고 있을 건가요? 아니면 더 멋진 사랑을 위해 새로운 길로 나아갈 건가요? 여러분의 선택은 어느 쪽인가요?

대답이 없음도
대답일 테니

재회를 원하는 분들이 제일 많이 질문하고 궁금해하는 두 가지 생각이 있습니다. 첫 번째, 헤어진 상대방을 어떻게 해야 잡을 수 있을까요? 두 번째, 언제쯤 그에게 찾아가면 될까요?

그 전에 한번 생각해본 적이 있나요? 상대방이 왜 나를 떠났을까? 왜 나랑 헤어지려고 했을까? 마음이 식어서 혹은 본인의 잘못이라는 단순한 생각은 제외하고 말입니다. 이별에는 여러 가지 이유가 있습니다. 재회를 원한다면 이별의 이유와 재회해야 하는 이유, 두 가지를 정확하게 알아야 합니다.

누가 봐도 당연한 이야기지만 재회를 원하는 분들의 대다수가 본인의 문제를 안다고 하면서도 정작 뭘 바꿔야 하는지, 무엇을 잘못했는지 잘 모릅니다. 다시 만나겠다는 마음만 지나치게 앞설 뿐이죠. 설령 스스로의 문제를 잘 인식하고 있다고 해도 상대방의 입장에 대한 이해도는 부족합니다. "상대방이 본인을 다시 만나야만 하는 이유에 대해서는 어떻게 생각하나요?" 하고 물으면 잘 대답하지 못하는데 이 또한 알고 있어야 합니다.

만약 아직 사랑하기 때문에 이별의 감정을 추스르지 못해서, 상대방이 영영 떠날까 봐 혹은 다른 사람을 만날까 봐 연락을 지속적으로 하고 있다면 그런 행동은 이제 멈추어야 합니다. 정말로 그 사람을 사랑하고 있다면 말입니다. 이는 상대방을 위한 존중이 빠졌을 뿐만 아니라 사랑이 아닌 이기심에서 비롯된 행동입니다.

만약 본인에게 잘못이 있어 헤어진 경우라면 문제점을 말이 아니라 행동으로 바꾸고, 바뀐 척이 아니라 누가 보아도 설득이 되는 상태여야 합니다. 그때부터 왜 상대방이 자신을 다시 만나야 하는지 깊이 고민을 한 뒤, 그를 찾아가서 대화를 통해 의사를 전하면 됩니다(물론 상대방의 허락을 구한 만남이어야 합니다).

그다음에는 차분히 답을 기다리세요. 혹 대답이 본인의 생각보다 늦어지거나, 아니면 대답이 없다고 해서 상대를 재촉하면 안 됩니다. 한 노래 중에 이런 가사가 있습니다. '대답이 없음도 대답일 텐데'라고요. 대답을 하지 않는 것도 그의 대답입니다.

재회하고 싶은 그 간절한 마음, 잘 알지만 마음부터 앞서기 전에 '역지사지'의 태도로 상대방의 입장에서 먼저 생각하고 행동하길 바랍니다. 그리고 끝으로 이 두 가지 질문을 하겠습니다. 재회를 원하는 여러분은 이전과 어떤 면에서 다르다고 할 수 있나요? 본인이라면 본인과 같은 사람을 만나고 싶은가요? 이 질문에 스스럼 없이 답할 수 있을 때, 그때가 바로 최적의 재회 타이밍이라고 생각합니다.

상담사들이 절대 알려주지 않는 재회 팁

헤어진 연인과 다시 만날까 말까, 스스로 결정을 내리기 어려울 때 우리는 친구나 주변 사람에게 자문을 구합니다. 정확히는 자문을 구한다기보다 이미 답은 정해져 있고, 긍정적인 말을 듣고 싶은 쪽에 더 가깝지요.

요즘은 전화, 각종 SNS 등으로 연애나 이별 문제를 상담해주는 상담사나 코치들이 아주 많아졌습니다. 이를 적극 활용하는 분들도 늘어났고요. 그런 분들을 보면, 대체로 유료 상담을 받아서 아예 이렇게 문자를 보내라고 구체적인 지침을 받거나 혹은 질투심을 유발하는 보여주기 식의 행동 팁 등을 배워서 마치 상담사의 '아바타'처럼 행동하는 사례가 굉장히 많습니다. 이별 후 재회를 간절히 원하는 분들은 알려준 대로 무조건 따라 하기 바쁩니다. 이런 방법이 무조건 다 나쁘다는 뜻은 아니고, 또 사람마다 처한 상황이 다 다른 법이니 무엇이 옳고 그른지 딱 잘라 말할 수는 없습니다. 문제는 아바타처럼 행동하는 것 그 자체에 있습니다.

이를테면 오목을 둔다고 가정해봅시다. 오목은 같은 색인 다섯 개의 알을 가로, 세로, 대각선 중 한 방향으로 먼저 놓는 사람이 이기는 게임입니다. 만약 사랑하는 사람과 헤어졌을 때 근본적 이별 원인을 생각지 않고 상대를 잡기에 급급해서 상담사에게 전적으로 의존하게 된다면, 오목의 룰은 모른 채 그저 이기기 위해서 본인의 오목판을 다른 사람이 컨트롤할 수 있도록 넘겨주는 것과 같습니다. 아바타처럼 시키는 대로 왼쪽으로 두 칸 이동하라고 하면 하고, 오른쪽으로 네 번째 칸으로 가라고 하면 가는 겁니다. 이런 문자를 보내라, SNS 프로필을 바꿔라,

깜짝 이벤트를 만들어라 등의 여러 지침을 상담사가 코칭해줄 때마다 그대로 따르는 것이지요.

물론 코칭을 해주니 승률을 올릴 수는 있을 겁니다. 하지만 코칭이 사라진 뒤로는 이기는 것을 장담할 수 없습니다. 또한 연애는 게임도 아니지요. 본인의 내면 심리, 상대의 마음, 헤어진 이유, 두 사람의 상황 등에 대해서 스스로 답을 내리지 못한 채 그저 재회만을 위해서 기계처럼 움직이면 운이 좋아서 그 사람을 다시 만나게 된다 해도 한시적 만남으로 그칠 가능성이 높습니다. 그동안 내가 아닌 아바타처럼 누군가 만들어낸 사람의 흉내를 냈기 때문이니까요. 결국 평소 행동들이 언젠간 튀어나올 것이고, 또 이별을 맞이하게 될 것입니다.

재회를 원할 때 상담사로부터 마음을 잘 표현하는 법이나 센스 있게 말하는 법 등 일부 기술적 조언을 얻는 것은 도움이 될 수 있지만, 본질적인 문제를 파악하지 않고 누군가 알려준 방법을 따르기만 하면 같은 실수만 되풀이될 가능성이 높습니다. 정말 제대로 된 상담을 받고 싶다면 여러분 스스로가 생각하는 사랑의 정의를 묻고,

본인부터 사랑하며 마음을 채우는 법을 알려주는 멘토를 만나면 좋겠습니다. 당장의 재회보다도 여러분의 인생관과 생각을 물어봐주고, 궁극적으로 더 행복해지는 법을 같이 고민해줄 사람을 말하는 겁니다.

만나자마자 여러분 본인이나 헤어진 연인이 어떤 타입인지 단언하고, 팁만을 줄줄 알려주는 상담사는 피하는 것이 좋습니다. 당장 써먹을 수 있는 기술이 아닌 살아가며 두고두고 써먹을 수 있는 삶의 지혜를 알려주는 상담사를 만나게 되길 바라겠습니다.

붙잡지도,
매달리지도 말 것

수많은 분의 이별과 재회에 조언을 주며 상담한 지 정말 많은 시간이 지났습니다. 이번에는 많이들 궁금해하시는 재회 가능성이 올라가는 바로 그 방법에 대해 이야기해보겠습니다.

일단 헤어지고 나서는 바로 붙잡지 마세요. 그게 핵심입니다. 밀당을 하라거나 튕기라는 뜻은 아닙니다. 보통 재회를 원하는 분은 자신이 아직도 사랑하고 있다는 마음을 보여주고 싶어서 연락을 하거나 직접 쓴 편지, 선물을 들고 집 앞에 찾아갑니다. "아직도 너를 많이 사랑해, 너뿐이야"라는 일편단심의 자세를 보여주려고 하지만 글쎄요, 그렇게 표현하지 않아도 상대방은 여러분이 본인을 사랑하고 있다는 사실을 이미 알고 있습니다.

이를 몰라서 헤어진 것이 아니기 때문에 '사랑해', '너밖에 없어'라는 표현은 그만둬야 합니다. 헤어지자고 했다는 건 안 보고 싶다는 뜻인데, 이를 이해하지 못하고 사랑 표현을 계속하면 할수록 상대는 거부감 및 불쾌감을 느낄 겁니다. 상대에게 박힌 여러분의 부정적 모습을 바꾸기 위해서는 2단계의 변화가 필요합니다.

1단계 - 잘못을 했다면 확실하게 사과할 것

상대방이 무엇 때문에 나를 부정적으로 생각하게 되었는지, 왜 우리의 믿음이 옅어졌는지 생각하고 이를 바꾸려는 구체적 노력을 해야 합니다. 이별을 받아들이지 못하는 열 명 중 여덟 명이 "네가 싫어하는 행동을 해서 미안해, 다시는 그렇게 하지 않을게"라고 하면서 사과를 하기는 합니다.

하지만 1차원적인 사과는 상대로 하여금 진정한 사과가 아니라, 단순히 나를 붙잡고 싶어서 하는 수단으로서의 사과라는 느낌이 강하기 때문에 진심이 전달될 리가 없습니다. 물론 가끔 통하기도 합니다만, 만약 이별을 여러 번 반복한 상황이라면 이제 이런 말로는 재회하기가 어렵습니다.

상대방으로부터 이별 통보를 받았을 시, 본인이 잘못한 부분이 있다면 정확하게 사과를 하되 붙잡지는 마세요. 오히려 헤어짐을 순순히 받아들이고 나를 돌아보겠다고 하면, 상대방은 '여태 보지 못한 의외의 모습이네, 정말 달라질까?' 하고 생각하게 되어 이후 재회가 순조롭게 이뤄질 가능성이 높아집니다.

2단계 - 문제 개선을 위해 실제로 노력하고 달라지기

예를 들어 이별의 이유가 공감 및 소통의 부재라면 "이제부터 내가 더 잘할게, 네 말에 좀 더 공감할게"라는 말보다는 약간의 시간을 갖고 정말로 변한 모습을 보여주길 바랍니다. 그리고 스스로도 내가 달라졌다는 사실이 느껴질 때 상대에게 연락해야 합니다.

그럴 때 구체적으로 말한다면 더 좋겠지요? “내가 너와 헤어진 후에 공감과 경청에 대해서 다룬 책도 읽고, 유튜브 영상도 보면서 나의 문제가 뭔지 알게 됐어. 깨닫고 나니까 내가 어떤 점을 고쳐야 하는지 알겠더라. 처음엔 마냥 속상했는데 지금은 네 덕분에 내가 더 나은 사람이 된 것 같아. 고마워.” 이는 한두 번의 훈련으로는 달라지지 않으니 의식적이고 반복적으로 노력해야 합니다.

아마 여러분 스스로 본인이 어떤 지점에서 부족한지 잘 알고 있을 겁니다. 학교를 졸업하여 사회생활도 하고, 연애를 하거나 썸을 타는 과정에서 반복적으로 걸리는 본인의 고질적 문제가 분명 있었을 테니까요. 문제가 한두 번 정도만 발생하면 괜찮은데, 지속적으로 이야기가 나오고 그로 인해 이별까지 하게 됐다면 적어도 이제는 말로만 바뀐다고 할 게 아니라 진짜 문제를 인정하고 달라져야 합니다.

자전거를 타다가 넘어졌는데 ‘다음에 다시 넘어지지

않아야지' 하고 생각만 하면 정말 다시 넘어지지 않을까요? 문제를 해결할 수 있는 최고의 방법은 계속 배우고 훈련하는 것밖에 없습니다. 앞으로는 본인의 문제점을 바꾸기 위해 많이 배우고 훈련하는 시간을 갖기를 바랍니다. 그렇게 해야 재회의 가능성과 확률이 배로 높아집니다.

헤어진다고 인생이 끝나지는 않는다

"저는 제법 잘 살아온 사람이에요. 학교 다닐 때 공부도 제법 했고, 직장을 다니며 어느 정도 인정도 받고 있고, 가족이나 친구 관계도 모두 좋은 편입니다. 그런데 왜 연애만 하면 제 생각을 제대로 말하지도 못하고 끌려다니는 건지 도통 모르겠어요……."

사랑할 때 을이 되는 많은 분이 주로 하는 말입니다. 을이 되는 이유에는 여러 가지가 있고, 제가 앞에서 예시를 들며 설명했습니다. 마지막으로 한 번 더 정리해보겠습니다.

일명 을의 연애를 하는 분들에게 있어 사랑은 일방적 헌신이자 희생입니다. 모두가 그런 것은 아니지만 연인 관계에서 사람은 본인이 받고 싶은 것을 상대에게 주려고 애씁니다. 알게 모르게 어린 시절부터 삶 속에서 원하던 바로 그것을 연인에게 주려고 하는데, 그게 강한 헌신이나 희생인 경우가 있습니다.

상대방도 여러분의 희생을 원할까요? 예를 들어 몸에 좋은 음식을 먹이겠다고 장어를 굽고, 탕도 끓여주고, 즙도 내서 준다고 생각해보세요. 하지만 당사자가 장어를 먹지 못한다면 아무 소용없는 일입니다. 연애할 때 을인 분들이 그토록 헌신하는 이유는 연인이 본인에게 그렇게 해주길 바라기 때문입니다. 궁극적으로는 더 사랑받고 싶다는 마음이 커서 그렇게 합니다. 하지만 그렇게 하지 않아도 여러분은 본인 그 자체로 충분히 가치 있고, 사랑받을 수 있는 사람입니다. 진정한 헌신은 자기 자신에게 먼저 해야 합니다.

연애를 하든 하지 않든 간에 사랑을 '내 삶' 전체라고 생각해선 안 됩니다. 사랑은 인생이라는 큰 그림 안의 가족, 친구, 꿈, 취미 등과 같은 여러 다양한 카테고리 가운데 하나인데, 을의 연애를 하는 분들이 저지르는 가장 큰 실수가 '사랑 = 삶 전체'라고 착각한다는 점입니다. 상대가 나의 전부이기에 그의 마음이 본인 마음과 같지 않거나, 내가 원하는 대로 해주지 않을 때 화가 나고 짜증이 나는 겁니다. 그러다 보면 상대에게 집착 아닌 집착을 하게 되고, 사랑을 강요하게 되죠. 그러면 절대 행복한 연애를 할 수가 없습니다.

후회 없이 연애하고, 열심히 사랑하는 것이 나쁘다는 게 아니라, 사랑에 너무 맹목적이 되면 안 된다는 이야기입니다. 사랑을 위한 사랑이 아니라 내가 행복한 사랑을 하세요. 그리고 이 사실도 늘 가슴에 새겨두시길 바랍니다. 누군가와 헤어진다고 해서 여러분의 인생이 무너지지는 일은 결단코 없습니다. 언제나 즐겁게 파도를 타는 서퍼의 마음으로 애정을 주고받으시길 바랍니다.

연인보다 더 사랑해야 할 단 한 사람

사실 저는 갑과 을이라는 표현은 좋아하지 않습니다만, 이 책에서만큼은 분명한 구분을 두기 위해 사용했습니다. 연애할 때의 갑을 관계에 대해 더 설명해보겠습니다.

사랑할 때 갑을 관계가 아닌 두 사람이 함께 행복한 연애를 하려면 어떤 행동이나 변화의 시작은 감정이 아닌 '사고'에서 비롯된다는 것을 기억해야 합니다. 단적인 예시이기는 하지만 만약 사랑하는 사람과 헤어져서 이별하게 되었을 때 갑과 을은 각각 어떻게 받아들일까요?

갑 "슬프지만 헤어질 수도 있어."

을 "헤어질 수 없어, 우리가 어떻게 헤어져?"

갑의 연애를 하는 사람들은 본인 삶의 기준이 명확합니다. 이별은 슬프지만 삶에 지장을 주지는 않습니다. 하지만 을의 연애를 하는 사람은 사랑이 곧 삶이기 때문에 헤어지면 본인 인생이 무너진다고 생각하거나, 지금까지의 소중한 시간이 없어진다고 판단하기에 헤어짐을 잘 받아들이지 못합니다. 헤어진 후 시간이 좀 더 지나면 둘은 또 다음과 같이 생각합니다.

갑 "난 충분히 멋진 사람이야. 더 괜찮은 사람을 얼마든지 만날 수 있어."

을 "나는 조건이 좋지 않아, 나이도 많고 직업도 별로야. 새 연애를 하긴 힘들어."

이 둘의 가장 큰 차이는 '자기 확신'의 유무입니다. 전자는 본인의 가치를 알고, 스스로 충분히 괜찮은 사람이라는 자신감이 있기 때문에 새로운 사람을 만나는 데 주저함이나 두려움이 없습니다. 반면 후자는 이별 자체를 두려움으로 여기고, 지금 이 사람보다 더 좋은 상대를 만날 수 있다는 확신과 자신감이 없어서 연애를 놓지 못합니다. 그렇기 때문에 사랑을 할 때도 항상 끌려다니는 쪽에 속합니다. 연인이 언제 나를 떠날지 모른다는 불안감이 큰 편입니다.

갑의 연애를 하는 분은 아무리 상대를 사랑해도 자기 인생이 먼저 있고, 그 안에서 사랑의 의미를 찾습니다. 을의 연애를 하는 분은 본인 인생이 아닌 사랑 안에서 행복을 찾으려고 합니다. 본인 삶이 있고, 본인 행복이 있고, 본인 미래가 있는 가운데에 사랑이 있는 것이 아니라 모든 것의 포커스가 상대와 함께하는 데 맞춰 있는 것이죠. 그렇기 때문에 연인과의 헤어짐은 곧 인생의 가장 큰 요소가 사라지는 것과 같아서 이별을 더 힘들어합니다. 그러나 인생의 행복을 자기 자신이 아닌 타인으로부터 찾을 수만은 없습니다.

요즘 많은 분이 '갑의 연애를 해라' 하고 쉽게 말합니다만, 이 중 대다수는 그 뜻을 잘못 해석하고 있습니다. 본인이 무조건 우선이어야 하고, 상대는 나에게 모든 것을 맞춰줘야 하는 것을 갑의 연애라고 말하는데 이는 그릇된 생각입니다. 사랑할 때 갑이 되어서 내가 더 많은 것을 받아야 한다는 생각은 어린이나 할 법한 아주 유치한 태도입니다. 반대로 본인이 무조건 퍼주는 것 역시도 올바른 연애라고 할 수는 없습니다. 따라서 연인에게 더 주고, 혹은 자신이 더 받고의 문제가 아니라 스스로가 먼저인 다음에 연애든 썸이든 하는 것이 옳다고 할 수 있습니다.

4장

그에게 맞추기엔 당신이 너무나 아깝다

결국

사람은

쉽게

변하지 않기에

All about Love

SNS에 헤어진 티 제발 내지 마라

연인 사이에 이별하게 되는 이유 중 하나가 '권태기'입니다. 권태기 중에서도 자신만의 매력을 잃고 헤어짐을 겪게 되는 경우에 대해 이야기해보겠습니다.

매력이란 뭘까요? 사전적 의미로는 '사람의 마음을 사로잡아 끄는 힘'입니다. 매력의 종류로는 제일 먼저 시각적으로 보이는 외모 혹은 내면의 성품, 태도 등이 여기에 포함됩니다. 보통 사람과 사람이 만날 때 눈에 제일 먼저 보이는 시각적 매력을 찾게 되고, 몇 번의 만남을 갖게 되면서 내면의 태도를 느끼고 서로 마음이 맞으면 만남을 지속하게 됩니다.

그렇게 잘 사귀다 이별을 통보받게 될 때, 여러 이유가 존재하겠지만 그중에서도 '익숙함'이 있습니다. 연애 초기에는 만날 때 외모나 옷도 많이 신경 쓰고, 분위기 좋은 곳을 찾아 가다가 시간이 지나면 서서히 편한 옷을 입게 되고, 집 근처의 편안한 장소에 가게 됩니다. 관계가 익숙해졌다는 의미입니다. 익숙해지고 편해짐에 따라서 처음의 설렘은 서서히 사라져갑니다. 그렇다고 해서 상대방을 사랑하지 않는 건 아닌데 말이죠.

하지만 그런 상황이 지속되다 보면 이별을 맞이하게 될 가능성이 높아집니다. 몇몇은 익숙함을 권태기로 느끼고 상대에게 이별 통보를 합니다. 통보를 받는 사람 입장에선 날벼락을 맞는 충격과 맞먹습니다. 그런 분들이 이별을 바로 받아들이지 못하고 쓰는 수단이 몇 가지 있습니다.

그중 하나가 매달리는 것입니다. 사실 이건 안 해야 하는 행동입니다. 이미 매력을 잃은 상태에서 집에 찾아가고, 전화하고, 장문의 글을 써서 전하는 것은 상대방으로 하여금 자신의 존재감과 매력을 반감시키는 일입니다. 그다음은 이별로 인해 내 마음이 힘들다고 갖은 티를 내며 SNS나 지인들을 통해서 알리는 겁니다. 물론 어떤 마음인지 잘 알아요. 이렇게 힘든 내 마음을 한 번이라도 봐달라는 간절한 신호이지만 문제는 상대가 느끼기엔 나약하고 감정적이기만 한 모습으로 보이게 됩니다.

간혹 친구로라도 지내자고 최후의 장치를 꺼내는 분도 있습니다. 친구로 지내다 보면 예전처럼 다시 잘되지 않을까 하는 의도인 것인데요. 본인 입장에선 어떻게 해서든 잡고 싶은 마음이 간절할 것입니다. 그러나 상대방 역시 나와 이별함으로써 힘들 거라는 걸 잊지 마세요. 헤어진 뒤 어설프게 친구로 지내다가는 지난 추억에 대한 그리움까지 사라질 수 있습니다. 다시 좋은 관계로 발전하기가 더 어렵다는 뜻입니다. 오히려 힘들어도 이별을 받아들이고, 상대방에게 본인의 부재를 일깨움으로써 옛 추억과 그리움을 떠올릴 수 있는 시간을 줘야 합니다.

인간관계에는 '적당한 거리'가 필요합니다. 아무리 사

랑해도 혹은 서로가 서로에게 익숙하고 편하다고 해도 약간의 거리가 있어야 합니다. 사귄 지 오래된 연인 사이에도 적당한 거리가 있어야 한다고 생각합니다. 본인을 있는 그대로 다 오픈하고, 전적으로 상대에게 의지하기보다는 자기만의 매력을 잃지 않도록 외적·내적 관리를 모두 잘해야 합니다. 이건 단순히 외모를 잘 꾸며야 한다는 뜻이 아닙니다. 누가 봐도 "아! 저 사람은 진짜 멋지게 살아"라고 생각할 수 있을 만큼 매력적인 사람이 되어야 한다는 말입니다.

예쁘게 말하는 네가 좋다

많은 사람이 명절이나 새해를 맞이할 때 흔하게 듣는 질문이 있습니다. “돈을 얼마나 모았니?”, “결혼은 언제 할 거니?”, “살 좀 빼면 좋겠다” 등 주로 염려와 걱정이 담긴 물음들입니다.

이런 질문이 불쾌하게 느껴지는 것은 말 속에 상대를 향한 주관적인 판단이 개입돼 있기 때문입니다. ‘재는 돈은 잘 모으고 있으려나, 얼마 못 모았겠지’, ‘결혼은 언제 하려고 저러지? 나이만 먹고……’, ‘뚱뚱해서 어떡해, 살은 좀 빼야지'라는 타인의 인생을 두고 이래라저래라 하는 참견이 들어간 것이지요. 이렇듯 단 한 번의 질문으로 바로 비호감이 되기도 하고, 반대로 호감을 살 수도 있습니다. 그렇다면 사랑을 막 시작해서 서로 알아가고 싶은 사람들은 어떻게 하면 상대에게 호감이 가는 질문을 할 수 있을까요?

먼저 좋은 질문은 취향 등 서로의 공통 분모에 대해 이야기하고, 또 칭찬까지 곁들이는 것입니다. 패션 감각에 대한 가벼운 칭찬을 하거나, 취미를 물어보며 어색함을 풀고 서로의 닮은 점을 찾아보는 것이지요. 반대로 나쁜 질문은 상대방이 듣기 싫은 이야기를 하는 겁니다. 이렇게 생각하면 참 쉬운데, 의외로 상대방이 싫어하는지도 모르고 나쁜 질문을 아무렇지 않게 하는 분들이 꽤 많습니다.

예를 들어 소개팅에 나갔다고 상상해봅시다. 옷은 뭘 입고 나갈까, 만나면 무슨 말을 할까? 어떤 사람일까? 너무 설레고 기대에 부푼 마음으로 소개팅 자리에 나갑니다. 너무 기대하면 실망이 클까 봐 걱정했는데 생각 이상으로 첫인상이 너무 괜찮은 사람이 나왔습니다. 기분이 좋아집니다. 인사를 하고 이런저런 이야기를 나누는데 상대방이 갑자기 이런 질문을 꺼냅니다. "죄송한데 왜 여태 결혼을 안 하셨나요?" 그 뒤로는 아예 본격적으로 연봉은 어느 정도인지, 차는 갖고 있는지 등 호구 조사를 하기 시작합니다. 정말 최악이죠? 아마 여태 느낀 호감이 와장창 깨질 겁니다.

소개팅 자리이고 두 사람 다 결혼을 생각하고 있다면 필요한 질문이라고 생각할 수도 있지만 초면에 대놓고 묻는 것은 아주 큰 실례입니다. 정말 궁금해서 악의 없이 물어봤을 수도 있으나, 앞의 질문들은 서로 잘 아는 사이에서도 조심스럽게 묻거나 혹은 묻지 않는 게 예의라는 것을 잘 알고 말로 꺼내지 않는 것들이 아닌가요? 아무리 궁금해도 대놓고 호구 조사를 하는 것은 너무나 실례가 되는 행동입니다(다시 한번 말하지만 의외로 이런 분이 정말 많습니다).

좋은 질문과 나쁜 질문 한 끝 차이입니다. 얼마 전부터 사귀기 시작한 연인이라고 한번 가정해봅시다. 상대방이 직장에서 일이 많아 힘들다고 이야기했습니다. 이때 "에휴, 그렇게 일해서 뭐해요. 자기 회사도 아니고, 몸만 다 상할 텐데"라고 말할 수도 있지만 반대로 "많이 바쁜 거 보니 중요한 회사에서 위치인가 봐요, 멋지네요" 하고 긍정적인 의미를 담아 말할 수도 있지요. 두 말 모두 '바쁘다'란 사실을 공통의 전제로 깔고 있지만 표현 방법이 너무나 다르지요?

맨 처음 설명한 명절에 흔히 듣는 잔소리처럼 듣기 싫은 말 그리고 칭찬과 긍정적 뉘앙스를 더해서 상대방을 존중하며 하는 말, 평소 여러분은 둘 중 어떤 말을 하는 사람에 더 가까운지 점검해보면 좋겠습니다. 생각보다 많은 사람이 예쁘게, 기왕이면 듣기 좋게 말하지 못합니다. 낯선 사람에게 질문하는 일이 어렵다면 취미를 물어보며 작은 공통점부터 찾아보세요. 호구 조사나 평가가 섞인 말들은 하지 않으면서요. "어떤 디저트를 좋아하세요? 전 케이크를 정말 좋아하거든요!"

환승 이별을 겪고 헤어졌다면

'환승 이별'이라는 말이 요즘에는 흔해진 것 같습니다. 드라마나 각종 연애 프로그램, 인터넷 사이트에서 도는 내용을 보면 환승을 한 사람은 편안하게 잘 먹고 잘 사는 것 같은데, 이를 당한 사람은 사랑의 상처는 물론이고 인간 자체에 대한 믿음도 깨져서 관계에 큰 어려움을 겪는 듯 보입니다.

시대가 변하면서 요즘은 '쿨하다'라는 설명 아래 가벼운 관계도 많이 생기고, 사람들이 연애를 바라보는 관점도 크게 달라지기는 했다지만, 그래도 사람과 사람 사이의 기본 예의란 게 있는데 이를 잊은 분이 너무 많이 늘어난 것 같습니다.

내 진심을 주었건만 환승 이별이라는 최악의 결말을 맞이하다니 그것으로도 충격적인데, 문제의 전 연인은 새로운 사람과 아주 행복하게 잘 지낸다는 소식이 들리면 말 그대로 속에 천불이 날 수밖에 없습니다. 화가 나다 못해 그를 아는 모든 사람에게 소식을 알리고 싶어집니다. 인터넷에서도 종종 그런 글이 보이기도 하죠. 믿었던 사람의 배신이 주는 분노가 얼마나 큰지, 상상만 해도 끔찍합니다.

하지만 이런 때일수록 (잘 안 된다는 거 알지만) 이 상황에서 한 걸음 물러나 이성적으로 바라봐야 합니다. '똥이 무서워서 피하냐? 더러워서 피하지'라는 생각으로요. 더럽고 불결한 존재가 '알아서' 나를 피해갔는데 굳이 이를 다시 뒤집어 쓸 필요는 없습니다. 분노나 복수에도 감정이 소모되며 많은 에너지가 쓰입니다. 환승 이별이라는 아주 더러운 결론을 준 이들에게 소중한 시간을 더 쓰기는 아깝습니다.

아무리 그렇게 생각해도 마음이 전혀 풀리지 않고, 정말 미치고 팔짝 뛸 만큼 감정이 요동칠 때가 있습니다. 도대체 왜 나에게 이런 일이 생긴 건가 하고 하늘과 온갖 신까지 원망하게 되기도 하죠. 나는 이렇게 힘들어 죽겠는데 그 사람은 세상에서 가장 행복하며 따뜻한 계절을 만끽하는 것처럼 보이고요.

그런데 여러분, 이 세상에서 본인이 제일 불행한 것 같고, 나 빼고 다 잘 먹고 잘사는 거 같아 보여도 저마다 말 못할 사연이나 이유가 있습니다. 믿었던 사람의 배신으로 인해서 이런 이야기가 잘 받아들여지지 않을 수도 있습니다. 충분히 이해합니다. 다만 '뿌린 대로 거둔다'라는 말이 있습니다. 지금은 그 사람이 행복해 보여도 그의 연애가 앞으로 어떻게 될지는 알 수 없습니다. 비겁하게 환승을 하여 사랑을 시작했으니 그에 맞는 결론을 얻게 될 가능성이 높습니다. 본인이 '양다리'를 걸쳐 이별과 연애를 한 셈이니 역으로 새로운 상대를 의심할 수도 있고, 나중에 똑같은 일을 겪을 수도 있습니다. 혹은 그게 아니더라도 삶의 다른 영역에서 균열이 생기고 있을 확률이 높습니다. 사람과 사람 간에 가장 중요한 믿음을 쉽게 저버리는 유형이기 때문입니다.

어떻게 보면 그런 사람이 본인의 삶에서 알아서 떨어져 나가준 것이니 얼마나 다행스러운 일입니까? 원래 신뢰란 것은 모르는 사람인데 만약 그런 이와 결혼이라도 하게 됐다면 그건 얼마나 끔찍한가요? 그가 자발적으로 귀하고 소중한 인생에서 빠져준 것이 어쩌면 축복일지도 모릅니다.

그러므로 환승 이별을 겪었다고 해서 여러분에게 문제가 있다거나, 여러분의 사랑이 끝난 것이 아닙니다. 힘들겠지만 내 마음을 돌보고, 본인을 위해 시간을 쏟다보면 진가를 알아봐줄 더 괜찮은 사람이 분명 나타날 것입니다.

기분이 태도가 되지 않는 진짜 어른

저는 카페를 많이 이용하는 편입니다. 그곳에서 상담도 많이 하고 혹은 혼자 커피를 마시면서 생각을 정리하는 걸 좋아합니다. 오늘도 카페에 앉아 있는데 반대편에 있는 한 커플이 싸우는 소리가 들렸습니다. 내용을 들어보니 여자분이 남자분께 예쁘게 보이고 싶어서 치장하느라 약속 시간보다 10분 정도 늦게 도착한 듯 보였습니다. 미리 나와 있었던 남자분은 여자친구가 약속 시간에 늦어서 화가 난 상태였습니다.

자, 여기서 문제가 되는 '10분의 지각'에는 각자의 이유가 있습니다. 여자분은 예쁘게 보이고 싶어서 딱 10분 늦은 것이고, 남자분에겐 약속 시간을 지키지 않은 아주 큰 10분이 되는 것이지요. 10분이 누군가에겐 별거 아닐 수도 있지만 누군가에겐 굉장히 중요한 문제입니다. 많은 커플이 연애를 할 때 이 같은 문제로 다툽니다. 혹시 '어? 이거 내 이야기인데?'라고 생각했다면 집중해서 읽어주시기 바랍니다.

제가 상담을 하면서 가장 많이 하는 말이 있습니다. "이 말을 따라 해보세요. '사고는 감정을 만들고, 감정은 행동을 만든다'."

사건 → **사고**(관점) → 감정 → 행동

많은 사람이 어떤 행동을 할 때 이 과정을 반복합니다. 한 사건으로 인해 마음이 상하거나, 상대가 이해가 되지 않아서 싸울 때는 단순히 감정이나 행동의 문제 이전에 사고(관점)의 차이가 있습니다. 이를테면 한 커플이 다툰 상태인데 여자분은 화가 날 때 바로 풀어야 한다고 생각하고, 반대로 남자분은 시간을 좀 가져야 감정이 풀린다고 믿는 편이라고 가정해봅시다.

이런 사고로 서로를 바라보면 여자분은 남자친구가 문제를 회피한다고 혹은 자신을 방치한다 느껴서 서운해합니다. 남자분은 시간이 필요한 자신을 이해해주지 못하는 여자친구에게 역으로 서운함을 느낍니다. '왜 저렇게 이기적으로 감정을 드러낼까?' 하는 생각까지 할 수 있습니다. 그러다 보면 싸움이 점점 더 커지는데 이 모든 것의 시작이 결국 사고의 차이입니다.

특히 헤어지고 난 뒤 재회를 원하는 분들은 마음이 급하다 보니 "이제 진짜 깨달았어요. 전처럼 행동하지 않을 거예요. 감정도 너무 그때그때 드러내지 않으려고요"라고 하며 '마음 가는 대로 하지 말아야지, 참아야지'란 다짐을 지속적으로 하지만 이는 사고가 아닌 '행동'을 바꾸려는 시도이기 때문에 근본적으로 달라질 수 없습니다. 이밖에도 많은 사람이 정말 깨달았다고 하는 것도 순간의 감정에 그치는 경우가 대다수입니다. 결국 사고에서 감정과 행동이 나오기 때문에 생각부터 바꾸려고 노력해야 됩니다. 어떤 사건을 바라보고 있는 사고, 즉 관점을 바꿔야 하는 거죠.

여러분이 다니는 직장에 새로운 후배가 입사했다고 생각해봅시다. 후배가 처음 보자마자 고개만 까딱하면서 인사를 하고 말을 흐리듯 합니다. 이때 어떤 생각이 들까요? 만약 저 후배를 보고 예의가 없다고 생각한다면(사고) 이 사고 패턴에 따라 기분이 나쁘거나 짜증(감정)이 날 겁니다. 그에 따른 행동은 당연히 부정적이겠지요.

반대로 아직 낯설어서, 부끄러워서 그러는구나라고 생각한다면(사고) 도와주고 싶다는 마음이(감정) 들 겁니다. 그다음 행동은 당연히 그 후배에게 말이라도 한 번 더 붙여주고, 상냥한 태도로 대하는 걸로 나올 겁니다. 이렇듯 같은 상황이지만 사고의 변화로 인해 후배가 달리 보이고, 본인의 태도도 달라집니다.

그러므로 여러분이 어떤 사건을 두고 '내 행동'을 이렇게 해야지, 바꿔야지 하고 생각하는 것은 큰 효과가 없습니다. 정말 행동을 바꾸고 싶다면 본인의 사고부터 바꿔야 감정과 행동이 달라집니다. 생각에 따라서 결과가 만들어지기 때문에 지금 여러분에게 힘든 일이 있다면 생각을 바꾸는 노력부터 했으면 좋겠습니다. 운동을 처음 배울 때처럼 생각이나 감정을 바꾸는 것도 훈련이 필요합니다.

먼저 '왜?Why'라는 질문과 친해지길 바랍니다. 앞으로 이 단어를 자신에게 물어보는 습관이 생겼으면 좋겠습니다. 사귀는 사이인데, 남자친구가 회사 일이 많아서 저녁에 연락하는 시간이 많이 늦어졌다고 상상해봅시다. 아마도 여자친구는 서운하기도 하고, 화도 나서 남자친구에게 툴툴거리게 될 겁니다. 이럴 때 툴툴거리는 여자친구를 본인이라 생각하고, '왜?'라고 물으며 그 이유를 되짚어보세요. 사실 본인도 일이나 다른 사건으로 인해 연락이 늦을 때가 있는데, 그리고 연락이 늦다고 나를 무시한 것도 아닌데 왜 화부터 났을까? 그렇게 생각하다 보면 본인은 상대가 연락을 안 하거나 연락이 늦을 때 속상한 편이구나 하고 마음을 판단할 수 있습니다. 이를 반복하며 자신의 마음을 점검하고 나면 감정이 무턱대고 앞서는 태도를 방지할 수 있습니다.

이런 식으로 기분이 태도가 되기 전에, 행동부터 나가기 전에 관점을 되짚어보는 연습을 조금씩 한다면 내면의 근육이 자라서 감정 컨트롤이 수월해질 겁니다. 당연히 전보다 훨씬 더 큰 안정감을 얻게 될 수 있고요. 그리고 상대방을 더 깊게 이해할 수 있다는 장점까지 있습니다. 이 훈련은 자신의 인생과 행복을 위해 꼭 해보면 좋겠습니다.

연애할 때 불안감을 많이 느끼는 편이라면

유독 연애를 하게 되면 불안감을 느끼는 분들이 있습니다. 시간이 좀 지나면 관계에 믿음이 생겨야 하는데, 오히려 사랑이 집착이 되어버리는 분들을 종종 보게 됩니다. 사랑하는 사람이 지금 무얼 하는지 궁금한 것은 당연하지만, 이런 분들은 필요 이상의 집착을 하곤 합니다. 지금 어디에 있는지 계속 묻고, 누구랑 같이 있는지, 뭘 하는지 묻는 빈도가 갈수록 늘어나는 패턴을 보입니다.

집착을 하는 이유는 크게 두 가지입니다. 첫 번째는 이전의 연애나 현재 사귀는 연인과의 사이에서 믿음이 깨진 적이 있는 경우입니다. 신뢰가 한 번 깨지면 다시 회복되기가 쉽지 않아서 이전으로 돌아가기 힘듭니다.

두 번째 이유는 더 근본적입니다. 바로 본인 자신에 대한 '신뢰'가 부족하기 때문입니다. 본인의 미래에 대한 구체적인 계획이나 꿈이 없기 때문에 상대방에게 주로 집착하게 되죠. 본인만의 멋진 계획이 있고, 이루고 싶은 꿈이 있다면 연인에게 계속 집착할 시간이 있을까요? 자기 삶을 살기도 바쁘니 상대방이 연락 한 번 안 했다고 이를 신경 쓸 시간이 없다는 뜻입니다. 삶의 목표가 뚜렷하지 않고, 지금 하는 연애 위주로 하루를 보내는 분들은 인생의 구체적 계획이 없기 때문에 상대방으로부터 내가 쓰는 시간과 마음에 대한 보상을 받고 싶은 겁니다.

제가 말한 인생의 계획은 거창한 것을 의미하는 것이 아닙니다. 상대방을 향한 시선을 나에게로 돌려서 자신에게 더 집중하고, 본인이 더 좋아하는 것을 보라는 뜻입니다. '그게 말이 쉽지, 마음대로 되면 내가 이러고 있겠어?' 하고 생각할 수 있습니다. 맞습니다. 처음엔 어렵습니다. 해보지 않았던 것을 하는 거니까요.

하지만 조금씩 외부로 향한 생각을 내부, 즉 나 자신에게 돌려보세요. 말로, 머리로 안다고 생각하지 말고 행동으로 실천해보는 겁니다. 연인 생각을 하거나 그의 연락을 마냥 기다리기보다 그 시간에 내가 좋아하는, 내가 행복해지는 일들을 하나씩 해보는 거예요. 동네 산책이나 카페에 가서 커피 한잔 마시는 걸로 해도 좋습니다. 이런 일이 쌓이다 보면 습관이 될 수 있습니다.

인생은 이번 단 한 번뿐이라는 말, 정말 흔한 이야기이지만 사실입니다. 다른 이에게 집착하고 그의 말에 휘둘리기보다 한 번뿐인 나만의 시간을 소중히 보내는 데 힘을 쏟기를 바랍니다.

평생 설렐 수 있는 사랑은 없다

너무나 당연하게 살아가는 하루, 너무나 당연하게 곁에 계속 있을 것 같은 연인…… 이렇듯 익숙해지다 보면 당연시하게 되는 존재들이 있습니다. 그러다 보면 연인 관계에서는 지금 내가 하는 사랑이 제대로 된 게 맞나? 우리가 하는 게 사랑이 맞나? 하는 의문이 들기도 합니다. 그런 생각이 든 적이 있다면 글을 읽으며 자신의 마음을 점검해보길 바랍니다.

간혹 "더는 그 사람을 만나도 설레지가 않아서 고민입

니다" 하고 말하는 분이 많습니다. 설렘이 연애에서 아주 큰 비중을 차지한다고 믿는다면 사랑의 기준에 대해서 다시 생각해봐야 합니다. 연인 간의 사랑에는 설렘도 있지만 그 외에 익숙함, 안정감, 친밀감 등 여러 가지 감정이 섞여 있습니다. 인터넷 매체 혹은 드라마나 영화로 로맨스물을 접하다 보면 거기서 나오는 장면들에 익숙해져서 무의식적으로 사랑은 곧 설렘이라고 착각하는 경우가 많습니다. 그러나 그건 현실이 아닌 짧디 짧은 가상의 작품 속에서 나오는 하이라이트 장면입니다. 실제 연애에서는 설렘만으로 관계를 유지할 수 없습니다.

또한 사람은 어느 정도 이기적이라서 무엇이든 간에 자기가 원하는 대로 이루어지길 원합니다. 연인 사이도 마찬가지입니다. 그러나 사람과 사람 사이에는 존중과 배려가 기반이 되어야 합니다. 막무가내로 상대방을 바꾸려 하거나 혹은 상대가 나를 바꾸려고 할 때는 문제가 발생합니다. 특히 본인은 노력도 하지 않으면서 상대만이 바뀌기만을 원한다면 그건 제대로 된 사랑이 아니라고 생각합니다.

우리 모두는 서로 다른 삶을 살아왔기 때문에 만남을 거듭할수록 다툼과 충돌이 생기는 건 당연합니다. 하지만 때론 모든 문제가 상대방에게 있다고 생각하진 않는지 이를 돌아볼 필요가 있습니다. 사랑은 서로 다른 환경과 가치관을 가진 두 사람이 만나서 이루는 것이기 때문에 정답이 존재할 수가 없습니다. 답이 있다면 사람은 다 다르다는 것뿐입니다. '나는 무조건 맞고 너는 틀렸다'는 식의 태도를 고집한다면 그것은 이미 왜곡되고 잘못된 사랑입니다.

반대로 상대가 싫어하거나 상처받을까 봐 눈치를 보느라 자기 마음을 조금도 드러내지 못하는 분도 많습니다. 연인을 향한 배려도 중요하지만 정작 중요한 자기 마음은 왜 살펴주지 않을까요? 본인 마음이 문드러지는데 왜 억지로 참으면서 상대만을 위해주는 걸까요? 이런 분은 참고 인내해야 서로에게 무조건 좋다고 생각하는 경향이 있습니다만 이해가 지나치면 일방적 희생이 됩니다. 그리고 자기 마음과 감정도 보듬어주지 못하는 사람이 과연 타인과 행복한 사랑을 할 수 있을까요?

사랑은 서로서로 공을 주고받는 일입니다. 한 사람이 일방적으로 공을 던져서는 계속 진행이 될 수가 없습니다. 연인의 사랑도 그리고 여러분의 사랑도 서로 주고받으며 행복한 연애를 하시기를 바랍니다.

우리는 혼자일 줄 몰라서 외롭다

저는 사계절 중에서 봄을 가장 좋아합니다. 햇살, 공기, 바람이 모두 따사롭고 새 시작을 알리는 계절인 것만 같아 가슴이 두근거리거든요. SNS를 보면 다른 분들도 그런 것 같습니다. 연인과 꽃놀이도 가고, 멀리 여행도 가며 굉장히 행복하고 설레 보입니다. 그런데 이런 행복한 사진이 본인 SNS 피드에 도배될 때 마냥 기쁘지 않기도 합니다. 지금 내 마음이 외로울 때가 그렇습니다.

내 주변의 지인들이 거의 다 커플인데 나는 아직 혼자

일 때, 남들에게 경사가 많이 생기는 거 같은데 반대로 나에게는 나쁜 일만 생길 때, 그럴 때는 상대적 박탈감과 외로움, 스트레스를 많이 느끼게 됩니다. 그렇다면 이런 감정은 무조건 나쁘기만 할까요?

보통 많은 사람이 외로움과 스트레스를 떠올리면 부정적 이미지를 연상합니다. 그러나 사실 이런 감정과 신호는 우리가 살아가는 데 꼭 필요한 요소 중 하나입니다. 외로움을 느끼지 못한다면 '함께'함으로써 얻는 소속감이나 기쁨의 맛도 알 수 없기 때문이죠. 사실 혼자 있는 시간을 돌이켜보면 마냥 괴롭기만 한 것도 아니었을 겁니다. 오히려 혼자가 되었기에 자신이 원하는 대로 시간을 쓸 수 있을 것입니다. 연애할 때 하지 못한 것을 할 수도 있습니다. 무언가를 배우거나, 취미 생활을 하거나, 하다못해 음식도 내가 먹고 싶은 걸로 바로 골라 먹을 수 있겠지요. 외로움은 마냥 슬프고 쓸쓸한 것이 아니라 오히려 나를 채워가고 나와 더 가까워지는 시간이라고 생각하면 많은 것이 달라집니다.

이 선물 같은 순간을 오롯이 즐기지 못하는 이들은 혼

자 있다는 사실을 불안하고 초조하게 받아들이며, 같이 시간을 보낼 누군가를 계속 찾습니다. 이별을 한 사람 중 일부는 혼자 있는 상태 그 자체를 두려워하여, 헤어짐과 지난 추억을 회상하며 한 시절을 마무리할 틈도 없이 새 사람을 사귈 준비에 돌입하기도 합니다. 주변에 계속해서 얼마 전에 헤어졌으니 소개팅을 시켜달라고 요구하면서 말이죠.

하지만 역설적으로 외로움을 잘 알아야 외로움으로부터 자유로워질 수 있습니다. 연인과 헤어져서 마음이 힘들고 감정이 주체되지 않아서 새로운 누군가를 찾는 중이라면 그것은 외로움으로부터 도피하는 중인 겁니다. 이별 후 밀려오는 외로움과 슬픔은 누가 대신해줄 수 있는 것이 아니며, 사랑했다면 당연히 느낄 수밖에 없는 감정입니다. 본인을 달래줄 사람이 한 명도 없다고 해도 혼자서 펑펑 울어야 하고, 지난 연애에서 반성할 점이 있다면 반성도 하고, 혹은 후회 없이 사랑했으니 괜찮다며 나 스스로를 다독여줄 줄 알아야 합니다. 그렇게 혼자서 여러 감정을 느끼다 보면 본인도 모르는 새 더 마음이 더 깊고 풍부해질 겁니다.

이 과정에서 스트레스가 올 수도 있지만 사실 모든 변화에는 스트레스가 따릅니다. 행복하게 연애를 할 때도 스트레스는 피할 수 없는 부분입니다. 이 말을 반대로 생각하면 스트레스가 없다는 것은 곧 변화가 멈춘 상태를 의미합니다. 어떤 움직임도 없이 고여 있기만 하고 싶은 사람은 아마 한 명도 없을 겁니다. 만약 이 책을 읽는 중 스트레스를 느꼈다면 그것은 여러분이 새로운 무언가를 받아들이는 과정 중에 있으며, 내가 한 단계 업그레이드 되고 있다고 생각하면 좋겠습니다.

우리 인생은 운동을 하여 근육통이 생기고 근육이 만들어지는 몸의 사이클에 빗대어 표현할 수 있습니다. 근육이 잡히기 전 근육통을 느끼게 되는 것처럼 살면서 마주하는 온갖 스트레스는 마음의 근육통과 같습니다. 이별을 해서 스트레스를 받고 있다면, 너무 외롭다면 그것은 내가 더 단단해지는 과정이라고 생각해보면 어떨까요? 성장의 과정이라고 받아들이면 괴롭던 마음이 좀 더 자유로워질 겁니다.

5장 혼자일 때 행복해야 둘이어도 행복하다

내가

아닌 것을

덜어내고

홀로 서는 연습

All about Love

힘들 때 나를 버릴 사람은 사랑하지 마라

요즘 투 잡, 쓰리 잡이라는 용어가 빈번하게 쓰이는 것을 보면 한 가지 일이 아닌 다양한 일을 하는 분이 많아진 듯합니다. 이처럼 바쁘게 현실을 살아가면서 동시에 연애도 해야 하니 거기서 문제가 종종 발생하곤 합니다. 최근 들어 많은 분이 "애인이 직장에서 일도 많고, 집안 문제도 많다고 해요. 가끔은 데이트 할 시간도 부족하고요. 가끔은 저랑 연애하는 것도 사치라고 생각하나 봐요……. 여러 일로 바쁘고 힘들어하는 사람에게

제가 뭘 해줄 수 있을까요?" 하는 고민을 갖고 저를 찾아옵니다.

사랑하는 연인이 힘들어 보이니 도와주고 싶은 그 마음, 저는 이렇게 따뜻한 마음을 가진 분들이 정말 행복하게 연애를 했으면 좋겠습니다. 그러나 상대방이 여러 문제로 인해 (그 이유가 무엇이든 간에) 자신과의 관계를 고민하는 그 상황을 객관적으로 바라보길 바랍니다. 과연 그가 힘든 일 때문에 본인과의 관계를 고민하는 걸까요? 그럼 모든 문제가 다 해결되면 관계도 다시 괜찮아질까요? 잘 생각해봐야 하는 부분입니다.

살다 보면 힘든 일은 끊이지 않습니다. 지금 닥친 문제가 해결되면 또 다른 골칫거리가 생기는 것이 바로 인생입니다. 그렇게 힘든 일이 생길 때마다 사랑을 포기한다면 사실상 이 지구에 연애를 하는 사람은 단 하나도 없을 겁니다. 이는 사는 게 '힘들어서'의 문제가 아니라 가치관의 문제인 것이지요. 제게 이런 상담을 받는 분들의 연인은, 삶에서 사랑이 우선순위가 아닌 것이라고 봐야 합니다. 그는 어떤 문제가 생기면 사랑을 제일 먼저 놓을 것입니다. 인생에서 사랑이 우선순위인 사람과 사랑이 우선순위가 아닌 사람, 즉 가치관이 다른 두 사람이 만나면 연애를 지속하기가 힘들 수밖에 없습니다.

기쁜 일이나 힘든 일 모두 함께 나누며 울고 웃는 것이 연인입니다. 하지만 만약 상대가 '내가 이런저런 문제로 힘드니까 네가 좀 이해해줘'라는 말 혹은 행동을 지속적으로 해서 고민이 커지고 관계에 문제가 생기고 있다면 객관적으로 상황을 봐야 합니다. 본인의 힘듦을 상대에게 자꾸 전달하고 전가하는 것은 그닥 어른스럽지 못한 태도입니다. 물론 정말 연애를 할 여유가 없을지도 모르지만 사실 그렇다면 애초에 관계를 시작하지 않았어야 합니다.

여러분, 힘들고 아프겠지만 놓아야 할 때는 놓을 줄도 알아야 합니다. 힘들어하는 연인을 도와주고 싶고 곁에 있어주는 것은 당연히 이해가 갑니다. 그러나 힘들 때 사랑을 제일 먼저 놔버릴 사람 곁에 있으면 여러분은 계속해서 눈치를 봐야 하고, 혼자서 애쓰고, 지치고, 서운함이 켜켜이 쌓이다 언젠가는 스스로 단념하는 순간을 고스란히 겪어야 합니다. 저는 여러분이 빤히 보이는 가시밭길로 가지 않았으면 좋겠습니다.

이러한 관계 속에 있음을 인정하기는 어려울 겁니다. 살면서 제일 어려운 것이 본인이 지금 잘못된 길로 가고 있다는 사실을 스스로 인정하는 거라고 생각합니다. 하지만 지금의 상황을 인정하고 달라져야 비로소 인생의 다음 단계로 넘어갈 수 있습니다. 아마 여러분도 무엇이 옳은지 알고는 있을 겁니다. 머리로는 알고 있지만 미처 하지 못했던 일, 이제는 인정하고 내려놓을 때입니다.

만날 인연은 결국 다시 만난다?

"만날 인연은 다시 만난다." 저는 개인적으로 이 말을 거부합니다. 보통 이별을 겪은 이들에게 주변 사람들이 흔하게 하는 말이 있죠. "만날 사람은 다시 만나게 돼" 혹은 "그냥 툭툭 털어버려. 인연이 아니었던 거야", 힘든 마음을 위로하기 위해 하는 말이지만 저는 평소 '인연'이라는 표현은 무책임하다고 생각해서 쓰지 않습니다.

어느 날 버스 정류장에서 한눈에 들어오는 사람을 만

났는데, 문제는 내가 한 번도 그런 적이 없는데 하필 그 곳에서 지갑을 잃어버리고 말았습니다. 그런데 보자마자 반해버린 그 사람이 우연히 내 지갑을 주웠고, 나는 이 사실을 알지 못한 채 버스에 탔습니다. 각자 다른 정거장에서 내렸지만 끝내 같은 장소에서 우연히 만나 서로 이야기를 나누고, 잃어버린 지갑도 찾고, 좋은 관계로 발전하게 되는 것, 이렇듯 영화에서나 나올 법한 운에 우연까지 더한 상황도 저는 인연이라고 생각하지 않습니다. 실제로 발생할 확률도 극히 낮고 말입니다.

내가 상대방을 향해서 노력하고 싶은 마음이 자연스럽게 생기는 것, 이것을 저는 우연이라고 생각합니다. 상대방이 무엇을 좋아하는지 관찰하고, 또 배려하고, 돈과 시간을 쓰면서 애쓰고 싶은 마음이 절로 나는 것이야말로 인연입니다. 반대로 상대방도 나를 인연이라고 생각한다면 마찬가지의 노력을 하겠지요. 즉 서로의 의지와 배려, 열정이 통해야 인연입니다. 반대로 어느 한쪽만 일방적으로 노력하는 관계라거나 엄청난 우연이 일을 만들어준다면 인연이 아닌 것입니다. 설령 어떻게든 관계를 이어

간다고 해도 언젠가는 꺼지기 쉽습니다.

인생에서 백마 탄 왕자나 공주가 뿅 하고 나타는 일은 거의 불가능에 가깝고, 의도치 않게 누군가를 자주 마주치게 되는 일은 인연이 아닌 우연에 가깝습니다. "만날 인연은 다시 만난다"라는 말 역시 인연보다는 운과 우연에 기대는 것입니다. 이런 말에 위로를 얻기보다는 한 번 끊어진 인연은 후회 없이 놓아주고, 다음에 올 인연에 노력을 기하는 것이 더 중요합니다.

말은 듣는 사람을 생각하며 하는 것

주변을 보면 말을 참 예쁘게 하는 사람이 있습니다. 그런 사람을 보면 좋은 에너지를 받게 되어 앞으로 함께하고 싶다는 생각이 들지요. 그렇다면 예쁘게 말하는 사람에게는 어떤 공통점이 있을까요?

보통 말이란 상대와 함께 대화로 나누는 것이기 때문에 내 말만 하는 게 아니라 듣는 이를 배려하면서 해야 합니다. 지나치게 빠르고 급하게 할 것이 아니라 듣는 사람에게 맞춘 속도로 또박또박 이야기해야 합니다.

상처받을 수 있는 표현은 자제하기

사람마다 표현 방법이 제각기 다르기 때문에 내겐 아무것도 아닌 것이 상대에겐 상처가 될 수 있다는 사실을 염두에 두어야 합니다. "그거 당연한 거 아니야?"처럼 위험한 말은 없다고 생각합니다. 세상에 당연한 것은 없습니다.

때론 지나치게 솔직한 것도 독이 됩니다. "나는 워낙 솔직해서", "속마음을 감추지 못하는 편이라"라는 말로 이야기를 시작하며 타인에게 상처를 주는 분들이 제법 많습니다. 이 경우 대개 솔직함을 가장한 무례함이 드러납니다. 성격이 직설적이고 솔직한 편이라고 해서 남에게 상처를 줘도 되는 건 아닙니다.

좋은 감정은 솔직하게 표현하기

감정을 표현하는 일은 여성분보다는 남성분이 주로 더 어려워하는 편입니다. 사실 어렵지 않습니다. 사랑할 땐 사랑한다고, 고마울 땐 고맙다고 있는 그대로의 마음을 표현하는 겁니다. 오랜 시간 봐온 지인이기 때문에, 혹은 가까운 사이여서 말하지 않아도 상대가 알아줄 거라고 생각하지만 표현하지 않으면 알 수 없습니다.

그리고 좋은 감정은 드러내면 드러낼수록 상대뿐만 아니라 나 자신에게도 긍정적 에너지가 되돌아옵니다. 예쁘게 말할수록 '저 사람은 늘 기분 좋게 말하는구나', '자기 감정을 잘 표현하는 사람'이라는 이미지가 더해질 테니까요. 좋은 감정을 표현했을 뿐인데 본인의 가치가 더 높아질 겁니다.

같은 말도 듣기 좋게 하기

이를테면 길을 건너는데 상대가 앞을 제대로 안 보고 걸어가는 상황입니다. 이럴 때 놀란 마음에 "너는 왜 그렇게 조심성이 없어! 어딜 보고 다니는 거야" 하는 식의 비난조로 말하는 경우가 대부분입니다. 걱정하는 마음에 나온 말이라는 걸 알지만 괜히 윽박지르는 표현처럼 느껴지기도 하지요.

이를 듣기 좋게 표현하자면 다음과 같습니다. "네가 다치는 줄 알고 정말 놀랐어, 걱정되니까 앞으론 그렇게 급하게 가지 마"라고 하는 것이죠. 상황이나 나의 감정에 대해서 이야기하면 뾰족하던 말이 좀 더 부드러워집니다.

앞의 예시처럼 듣기 좋게 말하는 여러 방법이 있지만 궁극적으로 말은 상대를 배려해서 하는 것입니다. 입 밖으로 뱉어낸 말은 더는 본인만의 것이 아닙니다. 언제나 듣는 이를 생각하고 말을 해야 합니다. 말을 예쁘게 하는 사람들은 이 사실을 누구보다 잘 알고 있습니다.

상위 1퍼센트의 결정적 능력

고등학교 때 저는 남녀 공학을 다녔습니다. 어릴 때 이야기이니 말인데, 고백하자면 여자 친구들이 하나같이 다 예쁘고, 사랑스럽게 보였습니다. 이 친구는 이래서 좋고, 저 친구는 저래서 좋고, 그렇게 무려 한 열 명 이상을 좋아하게 됐습니다. 물론 고백을 하는 등 마음을 직접적으로 표현한 것은 아니고 혼자 속으로만 좋아했습니다.

그런데 일주일이 지나니까 좋아하던 친구가 열 명에서

두 명이 줄어들고, 또 시간이 지나니까 다섯 명이 줄어들고, 두 달쯤 지나니까 더는 그들 모두에게 아무 생각도 들지 않았습니다. 열 명의 친구들을 좋아했었는데 시간이 지나며 감정이 옅어진 건가? 하고 생각했지만 실은 제가 진짜 좋아했던 게 아니었던 겁니다. 이때 감정은 순간순간 다르게 변한다는 사실 그리고 찰나의 감정은 진실에 가깝기 어렵다는 사실을 깨달았습니다. 그리고 사람은 감정에 쉽게 속는다는 것도 말이죠.

만약 지금 여러분에게 사랑하는 사람이 있다고 생각해봅시다. 그런데 그보다 더 이상형에 가깝고 멋진 사람이 갑자기 나타나서 나를 좋아한다고 고백합니다. 이 경우 마음이 향하는 대로 방치한다면 아마 지금의 연인을 버리고 이 멋진 사람을 만날 확률이 높아질 겁니다. 하지만 감정은 정말 '일시적'인 것입니다. 누군가가 굉장히 멋져 보이는 것도 다 한순간입니다. 어떤 유혹이 오고, 마음이 흔들려도 지금 사랑하는 사람을 향한 믿음을 떠올려서 감정을 컨트롤해야 하는 것입니다.

제가 상담하는 수많은 분들 중 인생에서 거대한 부를

이루고 성공한 사람들의 공통점이 바로 이 점입니다. 자기 감정에 쉽게 속지 않고, 감정을 조절할 줄 압니다. 단순히 열심히 일하고, 열심히 살기만 하는 것이 핵심은 아닙니다. 평소 감정에 휘둘리지 않기 때문에, 무언가를 선택할 때 보다 객관적으로 접근하기에 더 나은 몫을 쥘 수 있었던 겁니다. 앞에서도 말했듯 감정은 본능이기 때문에 사람이고 숨 쉬고 있다면 느낄 수밖에 없습니다. 감정을 완벽하게 만들거나 없앨 수는 없지만 조절할 수는 있습니다. 삶을 좀먹는 부정적 감정을 줄일 수 있으며, 이를 잘 다룰수록 본인이 원하는 인생을 살게 될 것입니다.

이 책을 읽는 여러분은 아마도 성인일 겁니다. 세상에 아주 작은 존재로 태어나 많은 것을 배우며 어른이 된 것일 테지요. 저는 어린아이와 어른의 차이는 감정 컨트롤 능력에 있다고 생각합니다. 자기 마음을 통제할 줄 모르고, 마음 가는 대로 행동하는 것은 어른이 아닌 아이가 하는 짓입니다. 물론 어른이라고 해도 저마다 감당하기 더 어려운 감정이 있을 겁니다. 그러나 이제부터는 여러분이 감정을 다루는 법에 더 익숙해져서 가짜 마음에 속지도, 순간의 기분에 휩쓸리지도 않는 진짜 어른이 되었으면 좋겠습니다.

"헤어져", "나 사랑해?"를 밥 먹듯 말한다면

우리는 상대방과 말과 행동을 주고받으며 관계를 이어갑니다. 그런데 내가 생각지 못한 대답이 상대로부터 올 때는 고민에 빠지게 됩니다. '난 그렇게 하지 않았는데 쟤는 왜 이렇게 행동하지? 나한테 왜 그러지?' 하고 말입니다.

물론 세상에는 상대를 배려하지 않는 무례한 사람들이 참 많습니다. 그러나 그런 사람이 아님에도 불구하고 평소 다른 이들과 있을 때 본인이 원치 않는 상황이 자꾸만 생겨난다면 스스로를 점검할 필요가 있습니다. 예를 들어 사람들이 나를 무시한다면 그건 분명 상대의 잘못도 맞습니다만, 한편으로는 무시받는 것을 내가 허락했기 때문에 상대가 나를 무시하는 것일 수 있습니다. 타인이 본인을 무시하는 데도 적절히 대응하지 못했다는 뜻입니다. 혹시 본인도 모르게 지금도 자신의 가치를 스스로 떨어뜨리는 말과 행동을 하고 있지는 않은지 점검해보길 바랍니다.

질문을 지나치게 많이 하는 것

궁금한 것, 이해 가지 않는 것을 물어보는 건 절대 나쁜 행동이 아닙니다. 산다는 건 새로운 것을 배우는 일이기에 모르는 게 많을 수밖에 없습니다. 여기서는 '스스로 생각하지 않고' 질문만 많이 하는 것을 의미합니다.

본인이 조금 더 생각하고, 스스로 답을 찾아보고 난 뒤에도 잘 몰라서 묻는 게 아니라 사고 자체를 하지 않고 다짜고짜 질문부터 하는 것이죠. 혹은 타인이 아닌 스스로 답을 찾아야 하는 일조차도 자꾸만 묻는 경우가 있습니다. 일, 사랑, 관계 등 모든 문제를 주변 사람에게 하나부터 열까지 묻는다면 남들이 뭐라고 생각할까요? 자기 주관이 없는 것처럼 보이겠지요. 본인의 문제는 스스로 답을 찾아야만 합니다.

개인적 고민을 주변에 자꾸 알리는 것

고민이 생기면 그럴 때마다 주변에 알리는 분이 있습니다. 물론 여러 사람의 지혜가 도움이 될 때도 있지만, 본인에게 어떤 문제가 생길 때마다 그것을 넋두리처럼 시시콜콜 말하는 경우는 어른스럽지 못합니다. 특히 부정적인 이야기를 반복적으로 주변에 하면 사람들의 99퍼센트는 좋아하지 않습니다. 내 고민은 나 자신에게 중요한 것이지, 남들에겐 중요치 않습니다. 이를 귀 기울여 들어줘야 할 의무도 없고요.

질문을 지나치게 많이 하는 문제와 더불어 이는 본인 삶의 문제의 주도권을 자꾸 남에게 넘겨주는 것과 같습니다. 우리 집 문을 열 수 있는 열쇠를 엉뚱하게 다른 이의 집에서 찾는 것과 같은 셈이죠.

거절하지 못하는 태도

타인의 부탁과 요청을 거절하지 못하는 착한 분들이 있습니다. 본인 시간도 부족한데 다른 사람의 일을 맡아서 해주거나, 누군가 돈을 빌려달라고 하면 쉽게 빌려주는 등 늘 "알겠어, 내가 해줄게"라고 말하는 것, 이는 타인에겐 친절할지언정 스스로에게는 친절하지 않은 최악의 태도입니다. 본인이 해줄 수 있는 일이 아님에도 불구하고 거절하지 못해서 계속 부탁을 들어주는 것은 스스로를 아끼지 않는 행동입니다. 본인이 본인을 아끼지 않는데 누가 존중해줄까요?

그러다 보면 '무슨 부탁을 해도 다 들어주는 사람'이라는 이미지가 생기고, 어쩌다 거절을 하면 남들은 "변했다"라고 말합니다. 왜냐하면 본인의 이미지를 스스로 그렇게 만들어놨기 때문에 달라졌다는 얘기가 나오는 것이지요. 본인이 하는 만큼 이미지가 알게 모르게 만들어진다는 사실을 꼭 명심하길 바랍니다.

"헤어져"라고 밥 먹듯 말하는 것

연인 사이에서 사랑을 확인받고 싶어서 하는 말들이 있습니다. "나 사랑해?" 하고 상대에게 자꾸만 되묻는 경우가 대표적입니다. 사랑을 확인받고 싶고, 상대의 마음을 알고 싶어서 하는 말이지만 이는 부정적 인상만 주로 남기게 됩니다. 이 말을 듣는 상대는 '내가 사랑하지 않는 것 같아서 저런 질문을 하나?'라고 떠올리게 되고, 물음이 계속 반복되면 '내가 저 사람을 사랑하지 않나?'라는 생각까지 이르게 될 가능성이 높아집니다. 사랑에 균열이 갈 수 있는 말입니다.

더욱 최악의 말은 습관적으로 "헤어져"라고 하는 것입니다. 순간적으로 본인의 감정을 이기지 못해서 혹은 이 역시 사랑을 확인받고자 진짜 헤어질 마음도 없으면서 하는 말입니다. 속뜻은 상대에게 나를 잡아달라는, 더 아껴달라는 것이지만 듣는 사람에게는 그 말의 숨겨진 의미보다 말 그 자체로 들리기 때문에 본인에게도, 관계에도 조금도 도움이 되지 않습니다. 헤어지자는 말은 정말 끝낼 자신이 있을 때 해야 합니다.

앞의 내용을 잘 살펴보고, 만약 요즘 관계에서 자존감이 떨어지고 있다면 본인이 평소 어떤 말을 많이 하는지 짚어보길 바랍니다. 말은 보이지도, 잡히지도 않지만 단 한 마디로 플러스가 될 수도 있고, 마이너스가 될 수도 있습니다.

당신은 이미 정답을 알고 있다

코로나라는 전 세계적으로 유례없는 바이러스가 발생하면서 사람과 사람 간의 만남과 소통이 급격히 감소한 시기가 있었습니다. 편하게 만나서 밥을 먹고, 커피를 마시며 마음을 나누던 일상이 갑작스럽게 단절되면서 많은 분이 무기력감이나 외로움을 호소했습니다. 여러분은 이 상황을 어떻게 극복했나요? 본인의 이야기를 들어줄 상대가 바로 곁에 없고 또 만날 수 없을 때 외로움을 어떻게 해결하는 편인가요?

사람은 누구나 저마다의 이유로 외로움을 느낍니다. 그리고 적당히 이기적이라서 타인의 고민을 듣기보다는 타인이 나의 하소연을 들어주기를 바랍니다. 주로 가족, 친구, 연인 등을 붙잡고 넋두리를 시작합니다. 도저히 내 맘처럼 움직여주지 않는 여러 가지 일에 대해서 말이지요. 그렇게 한참을 이야기하고 나면 정말 고민이 풀릴까요? 그럴 리가 없습니다. 일시적으로 위로를 받을 수도 있고, 답답하던 속이 조금씩 내려갈지도 모르지만 이는 근본적 문제 해결 방법이 될 수는 없습니다. 모든 문제의 원인과 답은 결국 자신 안에 있기 때문입니다.

누군가 나의 고민을 들어주고, 해결 방향을 제시해주더라도 본인 안에 답은 이미 정해져 있을 겁니다. 그러나 답을 정면으로 마주하기보다 우선은 타인의 따뜻한 위로를 받으며 힘을 얻고 싶었던 것이지요. 다만 내 문제를 아무리 누군가에게 이야기해도 결국 나서서 해결해야 하는 건 나 자신뿐입니다. 그렇기에 우리에게는 자기 확신이 필요합니다. 어려움에 처하거나, 어떤 문제가 생기면 스스로 해결할 수 있는 힘이 있어야 합니다.

이전에 저도 연애 문제에서 크게 상처를 받고 고민을 한 적이 있었습니다. 혼자서 이 문제를 감싸고 있자니 골치가 너무 아프고, 또 외로워서 가까운 이들에게 계속해서 조언을 구하고 나름의 해답을 얻으려고 애썼습니다만 결론적으로 명쾌한 해답은 전혀 얻을 수 없었습니다. 심지어 답도 제각기 달랐습니다. "그만 포기해", "안타깝지만 희망이 보이지 않네"부터 "계속 해 봐, 긍정적인 거 같은데?"라는 아주 상반된 의견들을 듣게 됐고, 저는 각기 다른 말을 들을 때마다 무엇을 해야 할지 몰라서 마음이 갈팡질팡 흔들렸습니다.

아마 여러분도 이런 경험을 적어도 한 번은 겪어봤을 겁니다. 본인을 잘 아는 타인의 충고가 도움이 될 때도 있지만 결국 답은 스스로가 정해서 내야 합니다. 그 답이 정답일지 오답일지 알 수 없어도, 누가 봐도 긍정적 상황이 그려지지 않을 수도 있지만 때론 그냥 선택을 해야 할 때가 있습니다.

그러나 어떤 문제든 간에 나 자신보다 더 큰 문제는 없습니다. 문제의 해결과 답은 바로 여러분 안에 있습니다.

나 자신보다 큰 것은 없다고 생각을 바꿔보면 문제는 더 이상 문제가 되지 않게 됩니다. 문제를 선택하고 문제 안에 멈춰 있을 건가요? 아니면 문제를 문제로 보지 않고 그 안에서 배우고 성장을 선택할 건가요? 여러분은 어느 쪽을 택하고 싶은가요?

잘 쉬어야
더 멀리 갈 수 있다

살다 보면 돈이 있다가도 없고, 없다가도 있고, 연애를 하다 이별을 하기도 하는 등 여러 가지 일이 계속해서 일어납니다. 원하는 것을 얻고자 아무리 애를 써도 생각처럼 되지 않을 때도 아주 많습니다. 그럴 때는 지치게 되어 의욕도 생기지 않고 우울해집니다. 이럴 때는 무엇을 해야 될까요?

이렇듯 마음이 괴로운 상황에서 어떤 분들은 여기에서 벗어나려고 다른 일을 벌이거나 새로운 목표를 세웁니다. 대단하다고 생각합니다. 힘들 때는 무기력해져서 멈춰 있고 싶지, 막상 행동하기가 쉽지 않기 때문입니다. 용감하게 삶에 변화를 주려는 분들을 굉장히 높이 삽니다만 일단 행동하기 전에 꼭 해야 할 것들이 있습니다.

지치고 마음이 힘들다는 것은 본인 마음 안에 있는 또 다른 내가 괴롭고 지쳤다는 사실입니다. 또 다른 나는 흔히 말하는 자아를 의미합니다. 주변 사람이 힘든 상황에 처했거나 고민이 많을 때 위로와 조언, 격려를 건네듯이 마찬가지로 본인이 힘들 때는 자신의 마음을 들여다봐야 합니다. 때로는 푹 쉬는 것도 필요하고, 따뜻한 격려도 아끼지 말아야 합니다.

이때 본인의 마음이 진짜 원하는 것이 뭔지 잘 생각해봐야 합니다. 만약 뭘 해야 할지 모르겠다면 보고 싶던 영화를 감상하거나, 먹고 싶은 음식을 먹거나, 여유가 된다면 여행을 떠나보는 등 좋아하는 타입의 휴식을 선택하면 됩니다. 만약 휴식이 필요한 번아웃 상태인데 쉬면 안 된다는 강박으로 억지로 무언가를 하려고 한다면 역효과만 날 겁니다. 쉴 땐 확실히 쉬어야 합니다. 단 이때는 내가 아닌 다른 사람과 함께하거나 지나치게 물질적 소비를 하는 것은 지양하는 게 좋습니다. 외부적인 것들로 마음을 채우면 근본적 문제를 돌아보지 못하게 될 가능성이 높습니다.

가족, 친구, 연인 등 내가 사랑하는 이들의 손을 잡아주고 용기를 건네는 것도 중요하지만 궁극적으로는 본인 자신을 잘 돌보는 것이 최우선입니다. 가끔은 지친 내 마음을 아무 조건 없이 꽉 안아주세요. 그렇게 해야 다음 계단으로 올라가는 추진력을 얻을 수 있습니다.

모든 것은 나를 사랑하는 것으로부터

을의 연애를 많이 하는 분들, 사랑을 하다 자존감이 많이 떨어진 분들, 사랑을 하지만 매번 상처만 받고 끝을 보는 분들은 꼭 이 내용을 읽었으면 좋겠습니다.

저의 모든 이야기는 다 '나', 본인 자신으로부터 시작합니다. 나를 이해해라, 사랑해라, 인정해라, 믿어줘라…… 모두 자기 자신을 위한 이야기입니다. "선생님, 저는 을의 연애를 하지 않는 방법을 알고 싶은 건데 왜 다 '나'에 대해서 얘기하시나요?"라고 생각할 수 있습니다. 여기까지 책을 읽었다면 이제는 이해하시겠지만 결국 을의 연애를 하지 않는 가장 최선의 방법은 결국 '나'를 위한 것에서부터 시작됩니다. 제대로 사랑을 하기 위해서는 연애 스킬이 아니라 나라는 사람에 대한 가치관 재정립부터 필요합니다.

예를 들어 휴대폰을 구입한다고 생각해봅시다. 어떤 모델이 좋은지, 어느 쇼핑몰에서 구입해야 더 저렴한지 등을 다 알아보고 물건을 정해서 구매를 할 겁니다. 그럼 이제 휴대폰에 어떤 기능이 있고, 어떻게 사용해야 되는지 알기 위해 인터넷이며 블로그, 유튜브를 다 찾아볼 겁니다. 그다음엔 기계에 흠이 나면 안 되니 보호 필름을 붙이고, 커버를 씌우고, 예쁜 액세사리를 고릅니다. 이 밖에도 아주 많은 것을 해요. 이런 일을 우리는 하루에 수십 번씩 합니다. 하지만 정작 자기 자신의 마음은 살피지 않습니다. 내가 뭘 좋아하지? 나는 무엇으로 스트레스를 풀지? 나는 어떤 감정이 들 때 많이 힘들어하지? 내 취미는 뭐지? 등 을의 연애를 하는 분들을 보면 나로부터 비롯되는 주체적인 일들의 비중이 인생에서 너무나 적습니다.

그렇다면 나를 사랑한다는 건 도대체 뭘까요? 그건 내가 예뻐서, 공부를 잘해서 혹은 착해서 등 어떤 조건이나 이유가 있어서가 아니라 부모님이 우리를 아껴주듯이, 자식이라는 이유 하나만으로 대가 없는 사랑을 주듯이 우리가 우리 자신이기에 그 자체로 사랑을 주어야 합니다. 나의 어떠한 모습을 보고 사랑하는 것이 아니라 바로 나이기 때문에 사랑하는 것입니다. 좋은 일이 생기든, 좋지 않은 일이 생기든 간에 언제나 나에게 따뜻하고 도움이 되는 말을 해주며 자신을 채워주는 것입니다.

오늘부터는 나 자신에게 하나씩 질문을 던지고 답을 해보는 버릇을 가져보길 바랍니다. 답은 일기장이나 휴대폰에 메모하면 더 좋습니다. 오늘 하루는 어땠는지, 오늘의 기분은 어땠는지, 오늘 만난 친구와 보낸 시간은 어땠는지 등 일도 하고, 쉬고, 취미 생활도 하고, 여행도 가면서 그 속에서 느낀 마음과 생각을 되짚어보는 겁니다. 그러면 본인을 위한 온전한 시간을 보낼 수 있습니다. 그런 과정을 거치다 보면 내가 자주 하는 생각이나 말도 알게 되고, 혹 부정적인 생각을 자주 하거나 자기 비하 발언을 많이 하는 것은 아닌지도 알게 됩니다. 은연중에 나는 못생겼어, 난 왜 이 모양이지? 하는 말을 자주 쓰고 있을지도 모릅니다.

이제부터는 의식적으로 스스로를 사랑하는 말들로 하루를 채워보는 건 어떨까요? 그 작은 시도에서부터 변화가 일어납니다. 방법은 거창하지 않습니다. 내가 나를 믿어줄 때 세상에서 가장 행복한 사람이 될 수 있습니다. 그리고 더 많은 것들을 이룰 수 있으며 다른 사람도 온전히 사랑할 수 있습니다. 여러분, 자기 자신을 사랑해주세요. 여러분은 있는 그대로 사랑받아 마땅한 사람입니다.

감사의 말

저를 위해 항상 사랑으로 기도해주신 어머니와 가족분들, 사랑하고 감사합니다. 원고 정리를 도와주신 aura 님 그리고 포레스트북스 직원분들께도 감사드립니다. 끝으로 인생의 지혜를 깨닫게 해주신 하나님께 모든 영광을 돌립니다.

사람의 가치는 그가 가진 것, 소유물이 아닌 존재 그 자체에서 오는 것입니다. 여러분 역시 어떤 모습이든 간에 당신은 당신이라는 그 자체로 소중합니다.

10만 구독자의 실제 후기로 증명된 가장 확실한 연애 심리 솔루션

사랑하면 헷갈리게 하지 않는다

초판 1쇄 발행 2023년 01월 31일

지은이 마크 최
펴낸이 김선준

기획편집 배윤주 **편집2팀장** 서선행 **디자인** 김미령
책임마케팅 신동빈 **마케팅** 권두리, 이진규
책임홍보 유채원 **홍보** 한보라, 조아란, 이은정, 권희, 유준상
경영관리 송현주, 권송이

펴낸곳 ㈜콘텐츠그룹 포레스트 **출판등록** 2021년 4월 16일 제2021-000079호
주소 서울시 영등포구 여의대로 108 파크원타워1 28층
전화 02) 332-5855 **팩스** 070) 4170-4865
홈페이지 www.forestbooks.co.kr

ISBN 979-11-92625-22-5 (03810)